集英社オレンジ文庫

草原の花嫁

日高砂羽

Contents

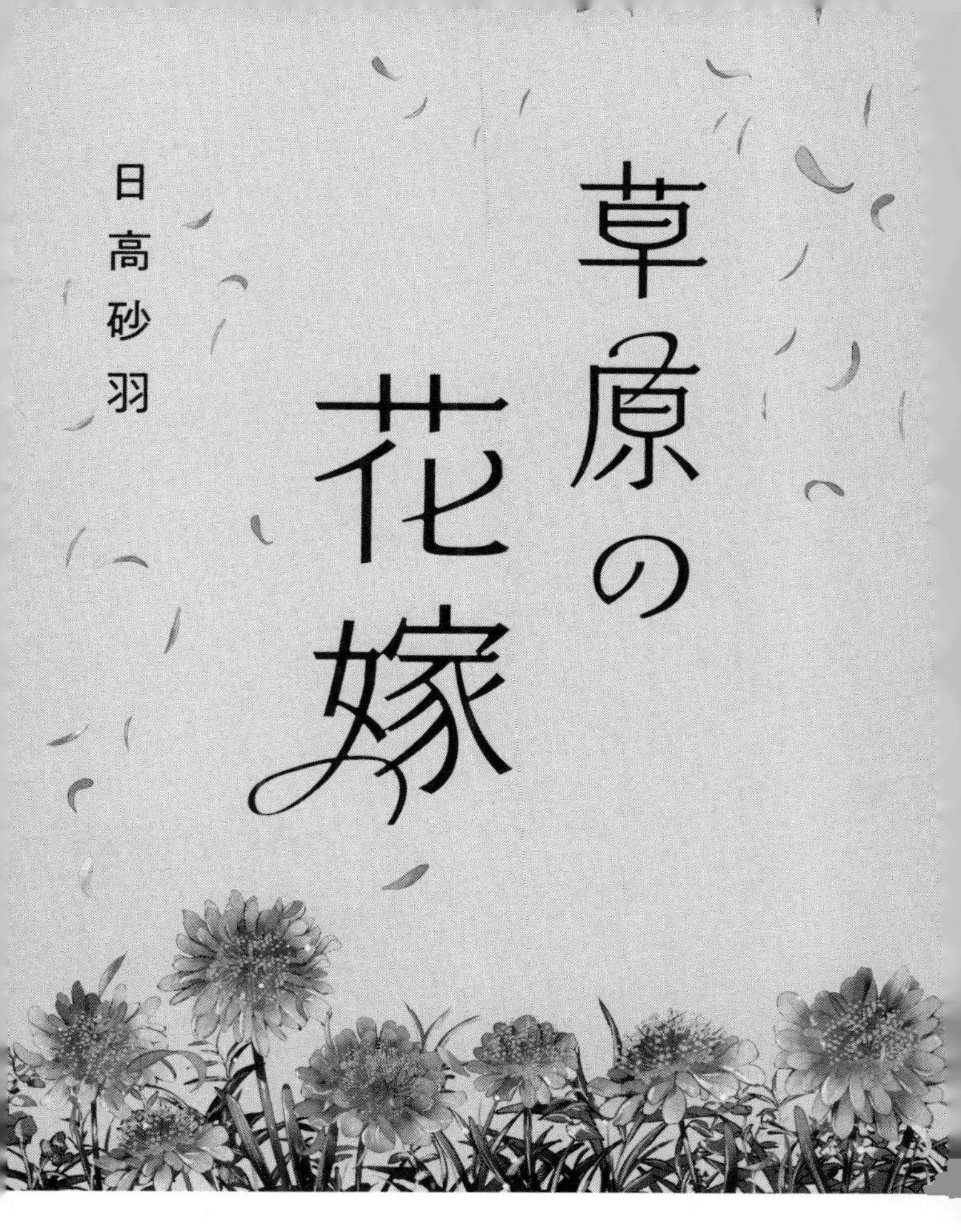

Bride on the Grass field

序章

南麗国の皇宮にある皇帝のご座所・景瑞殿。

その広間は、至るところに龍の装飾が施されていた。

紅に塗られた柱には黄金色の龍が巻きつき、天井の鏡板にも翠緑の鱗を持つ龍が躍っている。

絢爛たる空間の磨かれた飴色の床に、林翠鳳は這いつくばっていた。

元は薄緑色をしていた上衣と褌は継ぎだらけの上に積年の汚れが染みついて、泥水で煮たような色をしている。手入れの行き届いていない髪はくすみ、すっかり艶も失われていた。

やつれた頬と力なく伏せた目からは、十八の娘盛りの瑞々しさなどとうに失われている。

今の翠鳳を見て、南麗の皇族の娘だと察することができる者は皆無だろう。

とうの翠鳳の頭の中は、みじめな姿への羞恥よりも、切迫した欲求でいっぱいだった。

(おなか、減った……)

もう二日も食事を摂っていない。

翠鳳は官婢だった。

官婢とは皇宮で働く奴隷である。

翠鳳も、わずかな食事を与えられ、後宮で下働きに従事している。

だが、与えられた食事は、しばしば同室の官婢たちに奪われていた。

米粒が数えるほどしか入っていない粥も、青菜の茎が浮かんだ羹も、この二日間翠鳳の腹に入ってはいなかった。

『いいところのお嬢さまにこんな貧しいものを食べさせられないわぁ』

『お口に合わないでしょうしねぇ』

くすくすと笑う娘たちの顔には、死にかけの虫を踏みにじる愉悦が滲んでいた。

『もとは皇族の令嬢なのよ。あたしたちとは食べるものが違うはずよ』

『こんな貧相な食事なんか要らないわよねぇ』

追い詰めるように言われ、翠鳳は何度も唾を飲んでからふらふらと外に出た。

向かったのは、共用の井戸である。

水で腹を膨らませたが、二日も続けば空腹はもはやごまかせない。

(……こんな目には何度も遭っているのに、どうして慣れることができないのかしら)

食事抜きは日常茶飯事だ。

それでも、翠鳳は働かなければならない。

官婢である翠鳳に休む暇などないのだ。

今日も、わびしく鳴る腹を水でごまかし、朝から後宮の回廊の床を磨いた。

そのときも腕に力が入らず、通りすがりの宦官から力まかせに蹴り飛ばされた。

『謀反人の娘が、怠けるんじゃない!!』

近くにいた宮女も宦官も、あざ笑うだけで、誰も助けてはくれなかった。

それも当たり前のことになりすぎて、翠鳳は震えながら石畳にへばりついていた。

もう誰にも痛めつけられたくないとふらつく身体に活を入れて掃除をしていたら、突如としてあらわれた宦官の群れに捕まえられ、この景瑞殿につれてこられたのだ。

(とうとう殺されるのだわ)

謀反の罪を着せられ、皇族だった父と兄弟が処刑されたのは六年前だった。

母も自害したあと、翠鳳はひとり残された。

あれから、六年だ。露命をつないできたが、もはやこれまでなのだろう。

床に重ねた枯れ木のような己の手をぼんやりと眺める。

毎日、妃嬪が使う馬桶を洗い、石畳を磨いた手は、あかぎれだらけだ。

日々の苦労が染みついた手と同じくらい、心もすり減っている。

広間の端には、宦官たちが控えている。うつむき加減に立つ彼らは調度のように何もしゃべらず、しんと静まり返った広間には、気の早い鶯の鳴き声が届いている。

梅はようやく咲きはじめたばかりだ。だが、その芳香はこの広間には漂いもしない。

静けさを無遠慮にかき乱す足音が鳴りだす。

床を踏みしめる重そうな音に、翠鳳はいっそう身体を縮める。

「皇帝陛下のおなり」

皇帝つき宦官の言葉を聞きながら、翠鳳は頭を床に押しつける。

正面の玉座に人が座る気配がした。

翠鳳は床にぬかづいた姿勢で待った。

官婢である翠鳳は、許可がなければ、頭を上げることさえもできない。

しばしの間のあと、低い笑い声が響いた。

「……汚いのう」

嘲笑に、ぴくりと身体を揺らす。

みじめだった。皇族であれば、着ていられるはずもない粗末な衣服。ろくに沐浴できないために異臭を放つ身体。

今の翠鳳には、汚いという表現がぴったりだ。

「実に汚い。おまえの父親に見せてやりたいくらいだ。どんな顔をするだろうな。朕は鼻をつまみたいくらいだが」

冷ややかな哄笑が響き、周囲から媚笑が続く。

敵しかいないと思い知らされ、翠鳳は恐怖に肩をすくめる。

「どうした？　おまえの父はどう思うかと訊いている。乱臣賊子の父が、今のおまえを見たら、どう思う？」

嘲りの声を聞き、翠鳳は何度も生唾を飲んだ。

（お父さま……）

翠鳳の父——皇帝の兄である順王は、いつも穏やかな微笑みをたたえているやさしい男だった。

野心など決して持たず、教養豊かで、翠鳳に書の手ほどきもしてくれた。

それなのに、父は謀反の罪を着せられ、刑場の露と消えた。

（お父さまなら、何とおっしゃるのかしら）

かつての順王府の下働きよりもなお汚らしい翠鳳の姿を見て、嘆くだろうか。

それとも、失望するだろうか。

翠鳳は額を床にこすりつけたまま答える。

「……わたくしが主上にお仕えしている姿を見れば、大いに喜ぶかと存じます」

父は南麗国のことを第一に考えていた。

南麗の民を豊かにしたいと望んでいたのだ。

皇帝の忠義な臣であろうとした。その父の気持ちを少しでも伝えておきたかった。

たとえ、目の前の皇帝が謀略で無実の父を処刑したとしてもだ。

翠鳳の言葉に応じる声はなく、沈黙が耳に痛い。

「……顔を上げよ」

不意の命令に、翠鳳は頬をこわばらせた。

皇帝を直視するなど不敬極まりなく、とっさに反応できない。

「顔を上げよと言っている」

乱暴な足音が近づいてくる。そばに至ったかと思いきや、髪を掴んで持ち上げられた。

「主上の命が聞こえぬのか⁉」

甲高い声の主は中年の宦官である。翠鳳を見下ろす顔には怒気が満ちていた。

「痴れ者がっ！　床に這いつくばっているうちに、礼を忘れたかっ⁉」

強引に髪を引っぱられ、痛くてたまらなかった。

目尻に涙を浮かべ、翠鳳は謝罪する。

「申し訳――」

「よせ、その娘は公主だぞ。おまえのような卑賤の者が気安く触れてよい相手ではない」

「も、申し訳ございません！」

髪を掴んでいた宦官が、あわてて手を放してからひれ伏した。

翠鳳は面食らい、礼儀を忘れて皇帝を見つめてしまう。

公主は皇帝の娘に与えられる封号だ。

翠鳳は順王の娘であり、父が健在であったとしても、郡主という公主の一段下の封号しか得られないはずだった。

久方ぶりに目にする皇帝は、にやけた顔で翠鳳を見下ろしている。

中年にさしかかろうとする皇帝は、でっぷりと肥えた肉体を細やかな刺繡が施された袍で隠している。緩みきった体軀とは異なり、視線は針のように鋭く、蛇のように冷ややかだ。

「喜べ。謀反人の娘とはいえども、おまえは朕の姪（めい）。それゆえ、朕はおまえの嫁ぎ先を決めてやった」

翠鳳は、本気で言葉を失った。

結婚など、自分にとってはもはや縁のないこととしか思えなかったからだ。

「おまえの夫は、北宣（ほくせん）の国主だ。おまえは公主となり、北宣に嫁ぐのだ」

皇帝の目には、ほの暗い喜悦（きえつ）が浮かんでいる。

その意味がわかり、翠鳳は何度も空唾（からつば）を飲んだ。

（わたくしは、敵国に嫁ぐのだ）

北宣は、大陸最大の河川・桂河（けいが）を境に大陸を南麗と二分する強国だ。

南麗の祖となる晁（ちょう）国は、元は広大な大陸を一元支配していたが、百年前に南下してきた騎馬遊牧民により戦乱にまきこまれた。

晁国皇帝は乱戦のさなかに戦死し、皇族や重臣が桂河の南に逃れて樹立したのが南麗国である。

対して、遊牧諸族を統一し、六十年前に北宣が成立すると、北と南は桂河を境として戦（いくさ）

と和平を繰り返してきた。

半年ほど前も小競り合いがあったと聞いてはいたが――。

「どうした？　うれしくないのか。国主の妻だぞ」

揶揄の口調に、翠鳳はなんと答えていいのか迷った。

そもそも、今の翠鳳は皇帝と話せる身分ではないのだ。

「早く答えんか、まぬけめ！」

傍らにいる宦官が肩をこづいてくる。

翠鳳は、頭に浮かんだ危惧を伝えることにした。

「……わたくしは公主ではございません。北宣の皇帝がそれを知ったら、どう思うか――」

和平のための花嫁としては不十分だ。

その気持ちを伝えようとしたが、返事は投げつけられた茶器だった。

目の前で砕け散った陶器の欠片が膝に散る。香り高い茶水の飛沫が頬にまで届いた。

「皇帝は朕ひとりだけだ！　薄汚い牧民の主など、皇帝のはずがなかろうが!!」

癇癪の激しさに、翠鳳はとっさにひれ伏した。

宦官たちも蜘蛛のごとく床に伏す。

「仰せのとおりにございます」

「北宣など羊を追うしか能のない野蛮人の集まり。皇帝と僭称するなど、もってのほか！」

「北宣の国主など、偽(ぎ)皇帝に他なりません。天地の主は主上ただおひとりにございます」

「主上、お身体に障(さわ)ります。どうか、どうか、お怒りをお鎮めくださいませ」

縷々(るいるい)放たれる追従(ついしょう)を聞きながら、翠鳳は唇を噛んだ。

(どれほど北宣を侮蔑(ぶべつ)しようとも、南麗の立場は変わらない)

南麗は、戦となれば北宣に負け続けてきた。

海かと思うほどに広い桂河をやっと渡った先で、待ちかまえていた北宣軍に敗れたことは、一度や二度ではない。

一年前にはじまった小競り合いも、北宣に完敗した。

南麗の皇子が独断で仕かけた戦だった。政(まつりごと)でしくじり、桂河沿いの州に刺史(しし)として左遷(させん)された皇子は、大功を挙げて都に帰ることを企(たくら)んだ。

お目付け役の劉(りゅう)将軍にそそのかされ、夜半に桂河を越えてかけた奇襲は当初は成功した。

桂河沿いの城砦(じょうさい)を襲撃して占拠し、周辺の民から作物や金品、女を略奪した。

むろん、北宣はこの暴挙を見逃しはしなかった。

彼らは城砦を包囲し、攻略しようとした。

しかし、なかなか成功せず、三度包囲して三度とも退却した。

四度目の退却時、一報が届いたという。包囲軍を率いているのは、北宣の若き皇帝・紀(き)永昊(えいこう)だというのだ。

血気に逸る皇帝を討ちとる好機だと思ったのか、劉将軍は城砦から打って出た。

それが罠だと気づいたのは、平原におびき寄せられたときだったという。

騎馬兵から休みない突撃と驟雨のような矢を受け、南麗の兵は狩りつくされた。

劉将軍は、北宣人が野生馬を捕獲するときに使う縄を首にはめられ、馬に乗った男たちに引きずり回された。

散々に馬を走らされたために、半死半生になった劉将軍は、最後は城砦の門柱にくくりつけられた。

北宣の男たちは、劉将軍に次々と矢を射たという。

肉を裂き、骨にまで突き刺さる矢の痛みに絶叫していたのも束の間、劉将軍はほどなく絶命した。

しかし、北宣人は矢を射るのをやめなかった。

その死体に刺さった矢は三十本。それは、南麗軍が殺した兵と民、合わせて三千人を意味していたという。

皇子は降伏し、北宣はその身柄の返還と引き換えに莫大な身代金を要求した。

さらなる和平の条件にと突きつけてきたのが、南麗の公主との通婚だったのだ。

「そう、偽皇帝……偽皇帝だ。天に二日なく、地に皇帝はふたりもいない。北宣の国主など偽皇帝にすぎぬ。だからこそ、おまえがふさわしい。偽物の公主がな！」

おそるおそる顔を上げれば、皇帝は血走った目で翠鳳を指さしていた。

宦官たちは追随して機嫌をとろうとする。

「まことにございます！　本物の公主などもったいのうございます！」

「蛮族の嫁になど奴婢で十分です！　幸い、この娘は、いつ死んでもかまわぬのでございますから！」

それだけ聞けば、なぜ翠鳳が北宣に送られるのか理解できた。

皇帝には適齢期の娘もいるが、北宣の皇帝との婚姻を泣いて拒絶したという。

だが、娘が嫌がるから翠鳳に白羽の矢が立ったと考えるのは単純に過ぎる。

皇帝には、本物の公主を送りたくない理由があった。

南麗と北宣の皇族はただの一度も通婚したことがない。南麗側が北宣を教養のない野蛮人と見下しているためだ。そんな状態で真の公主を送れば、南麗の朝臣は皇帝を弱腰と非難するだろう。それを避け、なおかつ一応は通婚したという形式を整えるため、皇族の血を引くが無価値の翠鳳を公主に封じて送ることにしたのだ。

「おまえたちの申すとおり、北宣は蛮族よ。あやつらは、皇太子の生母を殺すのだからな。おまえも、安心して嫁ぐがいい。男子でも生めば、奴らに殺してもらえる。苦痛の時間は、さして長くも続くまい」

皇太子の生母を殺すという制度——子貴母死制。

かりそめの和平の証である翠鳳など、いずれは死んでしまう。それに気づいたせいか、皇帝は楽しそうに頬を緩めている。

翠鳳は、しかし、奇妙なほどに胸が凪いでいた。

出口に辿りつかない迷路を歩いていたような日々に、ようやく終わりがくるのだと安堵すらしていた。

（……死ぬとしても、猶予ができた）

官婢としての日々は、死と隣り合わせだった。

暴力を振るわれ、食事を抜かれ、今日死ぬか、明日死ぬかと危ぶんでいた。

しかし、北宣に嫁げば、少しはマシになるはずだ。

皇帝の妻になるのだから、無闇に暴力を振るわれる機会は減るだろう。

皇太子の生母を殺すという習俗に従えば、翠鳳も男子を生んだら死を賜る可能性は高いが、少なくとも男子を生むまでの間は生きていられるのだ。

「半月後には北宣に送りつける。それまでの間に、少しは見た目を磨け。今のままでは、偽皇帝といえどもおまえを抱く気にはなれまい。カビが生えそうな汚さなのだからな」

宦官たちの笑い声がさざ波のように広がる。

翠鳳は承諾を示すべく地面に額をつける礼をする。

閉じた眼裏に、父の最期の姿が映った。

刑場に引っ立てられる父は背を丸めて、恭順の姿勢を示し続けた。

それでも、殺生(せっしょう)の場に集(つど)った民は、柵の間から石を、汚物を父に投げ続けた。

その合間に立ちつくし、父を見つめていた翠鳳は叫びたかった。

お父さまを殺さないでと叫ぶべきだった。

しかし、血と汚物で汚れながらも、父が自分を見た目には、静かだが力がこもっていた。

あれは翠鳳に沈黙を強(し)いる眼光だった。

父のまなざしは、今も翠鳳を縛りつけている。

『何があっても、生き延びるんだよ』

皇帝の兵に捕らえられる前に残した言葉と共に、翠鳳をこの世に留(とど)める鎖だったのだ。

一章　偽公主の嫁入り

南麗の都・康京から十五日。

桂河の渡し場を出た船は、風と水流の助けを借りて北宣へと向かっていた。

海のごとしと謳われる桂河の対岸に陸地が霞んで見えたとき、甲板に立つ翠鳳は眉の上に手を庇のようにかざして目を細めた。

「あそこはどのあたりになるのかしら」

春が到来しようかというこの時季、風は西から東に吹いている。

康京からいったん北上し、帆を張った船に乗ったのは昨夜のことである。

計算上では、北宣側が迎えにくる地点に昼ごろには到着するらしい。

「こんな風まかせで、本当に無事に着くんでしょうね!?」

背後で響いた声に、翠鳳は肩を揺らして振り返った。

侍女として同行させられている綏児が、甲高い声で婚礼の使節に詰め寄っている。

使節は老年に達しようかという男で、一連の交渉をまとめた人物だ。形よく顎ひげを整えた使節は、面倒そうに応じる。

「到着するはずですぞ。船の進みは順調です」

「北宣の奴らが迎えにくるだなんて、信じがたいわ。こちらを殺しにくるのまちがいじゃないのかしら」

物騒な発言に、翠鳳はつい顔をこわばらせる。

綏児は鼻息を荒くしながら翠鳳のそばに近づいてきた。

丸顔で、笑えば愛嬌がありそうなのに、いつも不機嫌の色に染まっている。翠鳳を見る目にはどんなときも嘲りが浮かんでいて、口に出さずとも謀反人の娘と侮っているのが伝わってくる。

「公主さま、もうすぐ北宣だそうですよ。楽しみですわねぇ」

「……ええ、そうね」

翠鳳は緊張しながら答える。

綏児は、翠鳳の乱れてもいない結い髪を強引に撫でつけ、金玉の簪を差し直す。頭皮に先端が当たり、痛くてたまらない。

「北宣に行けだなんて、あたくしの身の不運を嘆くばかりですわ。羊を世話することしかできない牧民どもと交わらねばならないなんて、最悪の事態としか思えませんもの」

綏児は乱暴に髪を整えたあと、さも衿元がはだけていると言いたげに手直ししてくる。

婚礼衣裳である緑色の襦裙には、金糸で如意と牡丹が刺繍されている。裙に重ねた囲裙は目に鮮やかな山吹色。防寒に羽織っている帔子は牡丹が織りだされていて美しい。

「玉のお肌をさらしてはいけませんわよ。夫だけが見ていいんですから。とはいっても、公主さまの夫は狼に等しい男。なんせ、妻が皇子を生んだら殺す男ですのよ。先々殺されるくらいだったら、臥所に侍る前に喉をかき切ったほうがマシですわね」

綏児は右の頬を持ち上げて皮肉っぽく笑う。

胸の内に痛みが走り、翠鳳は視線を落とした。

この旅の間どころか、出発前から綏児は文句を言いどおしである。

綏児は、四大貴族と呼ばれる李家の出身である。李家の本家は翠鳳の母の実家でもあった。

だが、綏児は傍流の出であり、彼女の家には政治的な力がない。それゆえに綏児は侍女にされたが、はなはだ不本意なのだろう。ことあるごとに、翠鳳に八つ当たりする。

(……南人は北族を忌み嫌っているもの)

北族とは北宣を樹立した騎馬遊牧民を意味する。南人とは元は晁の住民を指したが、北族と対比して南麗の民を指すときにも使われる。

南人の中でも特に政治をまかせられている貴族層は、北族への嫌悪が激しい。勇猛果敢な北族を戦で打ち負かせない鬱憤を、ことさらに見下すことで晴らそうとしている。

その愚かさに気づいているのは、ごく少数の人間だった。

『このままでは、南麗は滅んでしまうよ。いつか北宣に呑まれてしまうだろうね』

部屋の中に家族しかいないとき、父はそう言ってため息をついたことがあった。

その言葉を翠鳳は沈痛な面持ちで聞いていたのに、兄弟は怪訝な表情をし、母は顔をしかめて言い放った。

『土埃にまみれた北族の輩に何ができるというんですの？　文字も読めやしないし、琴棋書画のたしなみもないんですよ。あんな無作法な野人たちなど、わたくしたちよりはるかに劣るというのに』

名族である李家の嫡女という出自を誇る母には、北族など塵芥にしか思えなかったのだろう。

（わたくしが北宣に嫁ぐと聞いたら、お母さまは卒倒したでしょうね）

もっとも、母はすでに黄泉の住人である。

父と兄弟たちが処刑されたあと、母は抜け殻になった。

翠鳳と母は命を奪われはしなかったが、官婢として後宮に入れられた。

まずは絹の衣を脱がされ、麻の粗衣を着せられる。

それから、服従を教え込むために、鞭で身体を打たれた。

翠鳳は肉体の痛みに泣いたが、母は大貴族の嫡女であり皇族の正妻という誇りをズタズタにされた痛みのほうが大きかった。

『翠鳳、一緒に死にましょう』

三日もしないうちに、母は幽霊のように青ざめた顔で翠鳳に迫った。

目の前に振りかざされた短刀におびえ、翠鳳は逃げた。

それでも押さえつけられて、背に刃を突き立てられたあの痛みを、翠鳳は今でもはっきりと思い出せる。

背中が熱く、燃えるような痛みに絶叫した己の声が、耳に殷々と響くのだ。

追憶が押し寄せる中、翠鳳は悪寒を覚えて口元を手で押さえた。

母との思い出は、最後には梁から揺れる母の死体で締めくくられる。

股の間から垂れる糞尿の臭いは、常に柳眉を描き、月季の薫香を漂わせていた母には、あまりにも似つかわしくないものだった。

「お吐きになるなら、船べりにどうぞ」

船酔いだと思ったのか、綏児が無造作に顎をしゃくる。

翠鳳は首を横に振ろうとしたが、言われるがままに船べりに寄った。

過去の記憶に心がふさがれ、綏児と対峙する気力が急速に薄れていた。

風に当たり、乱れた心をなだめる必要があった。

強い風のせいで波が立ち、船は上下に揺れている。

翠鳳はふらつく足で船べりに寄る。船舷は胸の高さまであるために、翠鳳は寄りかかって風を浴び、風景を眺める。

船は岸に近づきつつあった。目の前には崖がそびえている。切り立った黄土の壁が延々と続いている。

（何か光った？）

崖の上で陽光を反射したような光がちらつく。

翠鳳は小首を傾げ、何気なく背後を見た。

いつのまにやら、一艘の船があとをついてきていた。

こちらの船よりやや一回り小さいが、立派な帆を張り、風をいっぱいに受けながら進んでいる。

（同じ船着き場を目指しているのかしら）

それとも、目的地は先の港か。桂河を東にくだっていけば、無辺の海が広がっている。

だが、海を進むには船が小さかったし、形も異なっている。

海洋を航海する船は船腹に大竹を縛っているものが多い。大波を防ぐためだが、背後の船にはその備えがない。また、櫓の数も十本を超えるが、後方の船はそれらに比べるといささか頼りない。

それでも、後方の船は波を勢いよく切り、距離をぐんぐん縮めている。

まるで、こちらを追跡しているようにも見える。

違和感を覚えて眉をひそめたとき、後方から悲鳴があがった。

「敵襲だぁ！」

水夫の叫びに、使節がすぐさま身体を伏せた。

綏児が絞め殺されるような声をあげ、頭を抱えてしゃがみ込む。

風を切る音がした直後、帆に何本も火矢が突き刺さった。

炎が帆に移り、焦げた臭いが漂いはじめる。

翠鳳は周囲の人と同じく舷側の陰に隠れ、帆を見上げた。

(帆を落とす気だわ!)

船には櫂も備えていると聞いてはいた。しかし、船の前後に四本ずつしかなく、風がないときや流れに逆らうときの補助的な役割しかないという。

帆が使えなくなったら、走力は格段に落ちてしまう。

おそらく、追っ手はこの船の動きを止めて、乗り移るのが目的だろう。

そのあとに、何をするつもりなのか。

金目のものを盗む水賊か、それとも——。

(北宣との婚礼に反対する者たちの仕業なの?)

南麗の朝臣の間では、翠鳳を送ることにすら反発の動きがあったと聞く。

公主との通婚など、北宣を対等と認めるのも同じであり、南麗にとって大いなる屈辱だと気勢をあげていたというのだ。

もちろん、偽の公主である翠鳳を送って和平を結んだほうがいいと主張する者たちもいた。彼らにとっては、翠鳳で平和が買えるなら、安いものだからだ。

火矢は休みなく飛んでくる。

船の後方からあわただしい足音と悲鳴、わめく声が聞こえる。

とはいっても、帆の火を消すのは難しいし、なにより立っていたら矢の的(まと)になるから、自由に動けないはずだ。

船は、船着き場へと一直線に向かっている。

このまま船上で襲われるより、上陸したほうが逃げられるという船長(せんちょう)の判断だろう。

(そうするしかないけれど……)

帆を燃やされたら、下手をしたら船本体に延焼する。そうなったら、沈没するのは子どもでもわかる。

陸地に辿りつき、北宣の迎えがきていれば加勢を頼めるだろう。しかし、彼らが間に合っていなかったら、こちらの人員だけで応戦しなければならない。

だが、この船に乗る護衛の数は十人をいくらか超えるくらいしかいない。とても足りるとは思えないのだが。

陸に近づくにつれ、前方の崖に騎馬の集団が見えた。彼らは、矢をつがえて後方の船に射かけている。

「敵が前にも!」

使節が絶望したように叫んでいる。

翠鳳は騎馬の一群を見上げた。

彼らは両手を手綱から離し、途絶えることなく矢を放っている。

（すごいわ……）

人馬一体とはまさに彼らのことだろう。

危なげない騎馬の技といい、速射の技といい、見惚れてしまうくらいにすばらしい。

「前にも後ろにも敵が……死んでしまう……このままでは……」

使節の嘆きを聞き、翠鳳は彼を励ました。

「あの騎馬の一団は敵ではないわ。たぶん味方よ」

この船を追跡する船を攻撃しているのだから、翠鳳たちを助ける気なのだろう。

「し、しかし――」

「信じられませんわ！　きっと、あたくしたちを殺す気なんです！」

綏児が金切り声をあげている。

翠鳳は背後の船に目を向けた。

絶え間のない矢を受けて、その速度は落ちている。

（これならば、なんとか逃げ切れるはずよ）

近くに伏せていた若い水夫に提案する。

「今のうちに一気に漕げば、振り切れるかもしれないわ」

幸い、向こうの船は矢を放ってこなくなった。

陸からの攻撃の対処に追われているのだろう。反撃もしているようだが、効果はないに等しいようだ。相手のほうが高所にいるせいで、矢が届かないのかもしれない。

「わ、わかりました」

水夫は立ち上がると、仲間に櫂をこぐように指示を出す。

船首と船尾の櫂で水を切りだすと、速度がぐんとあがった。

波を切り裂き、岸へと接近していく。

翠鳳は背後を振り返った。

追っ手の船とは距離がどんどん開いていく。だが、安心はできなかった。

帆の燃える面積が広がっていく。帆が燃えるだけでなく、帆柱に火が移ったらどうなるか。太い柱が倒れれば、犠牲者が出るに違いない。

船は船着き場へと向かっていく。ちょうど陸の切れ込みといったところに、桟橋が設置されている。

近くには物売りが数名いるのだが、帆が燃えている船が接近するのを見て、一目散に逃げだした。

速度をあまり落とさぬまま、船が桟橋にぶつかるようにして接岸する。

衝撃で、翠鳳はその場に倒れた。

とっさに動けずにいると、間髪を容れずに船に乗り込んでくる一団があった。

短い上衣と褲を着、兜をかぶって肩や胸を守る皮の鎧をつけた兵たちだ。

兜から覗く髪は茶褐色で瞳の色も薄く、黒髪と黒い瞳の南人とは異なる。

翠鳳の前に立った男も、若い兵士だった。

長い上衣と褲を着ているが、上衣の丈は腰から膝まで縫い合わせておらず、動きやすそうだ。細い袖の袖口は喇叭の形で、衣には鹿を襲う狼の柄が織りだされて野趣がある。

形のよい眉に通った鼻筋の凜々しい造作と、野生馬のように筋肉質の身体。切れ長の目には闊達な光が宿っている。

(太陽みたいだわ)

そんな存在感があった。

男は官話で声をかけてきた。

「怪我はないか?」

発音は正確で、低い声は耳に心地よかった。

官話は、元は大陸全土を支配していた晁の役人たちが使っており、地方官でも習得するようにと厳命されていた言葉である。もちろん、南麗でも貴族や官人たちは官話を使用する。

騎馬遊牧民は、南人との通商のために官話を習い覚えたというが、どうやら本当らしい。

「は、はい」

翠鳳は立ち上がろうとしたが、裙の裾が足にからみつき、すぐに動けない。

男は翠鳳の腋と膝裏に腕を差し入れて、軽々と抱えてしまった。

宙にいるという浮遊感と決して落とされることはないだろうと信じさせるたくましい腕の感触。

相反する感覚に動揺し、翠鳳は緊張の極致に陥る。

それに、夫でもない男と緊密に接するなど、あってはならない事態だった。

「お、下ろしてくださいませ」

精一杯の勇気を出して懇願する。しかし、男はきょとんとした顔をした。

「危ないぞ」

そう警告したとたん、帆の下半分が落ちてきた。

間近でメラメラと燃えあがっていて、翠鳳は恐怖にすくみあがった。

「急いで荷を下ろせ」

翠鳳を抱いた男は、危なげない足取りで歩きながら兵に命じる。

兵士たちはおうと答えて急ぎだす。みな統率がとれていて、動きに無駄がない。

（この方は将軍かしら）

翠鳳は彼の横顔をまじまじと見つめてしまう。

どこか少年っぽさが抜けていないから、おそらくは二十歳を超えていないと思われる。

けれども、不思議な威厳があった。

周囲の兵士よりも若そうなのに、妙な落ち着きがある。

彼は大切そうに翠鳳を抱え、かけられた舷梯を慎重に下りている。

(きっと、この方たちは北宣の迎えだわ)

揃いの鎧姿といい、賊ではあるまいと推測する。

先ほど追っ手の船に攻撃を仕かけたのも、おそらくこの男たちではないか。

船を降りきってから、男は近くにいた物売りたちに声をかけた。

「すまんが、火を消してくれ」

物売りたちはいったんは逃げたものの、どうやら陸地に害は及ばないようだと判断して戻ってきたのだろう。

依頼を聞くやいなや、船着き場から船まで並び、桶や樽を手渡しながら消火をしている。

さらには、落ちた帆に水をかけ、船本体に延焼しないように帆柱や床を濡らしていた。

それを見届けてから、男は翠鳳を下ろしてくれた。

「ありがとうございます」

翠鳳は丁寧に一礼した。

「礼はいらない。ところで、名を訊いてもいいか?」

「……林翠鳳(りん)と申します」

痺(しび)れた舌を無理やり動かすようにして答えた。

南麗では、女は男に気安く名を教えてはいけないという慣習があり、気が進まないのをなんとかこらえる。

「ああ、やはり公主か。遠目で見て、そうに違いないと思っていた。とりわけ存在感があったからな。そう怖がらなくていい。公主を助けるのは当然のことだ。俺の花嫁なんだから」

男は一息にしゃべってから、翠鳳の不安をやわらげるかのようにくしゃりと笑う。

あっけにとられて、瞬(まばた)きを繰り返すしかなかった。

(今、なんて……)

言われたことを脳内で反芻(はんすう)しているうちに、使節が近づいてきた。

使節は男を目にするや、仰天(ぎょうてん)したのか絶句している。

男のほうはさして気にすることもなく親しげに話しかけた。

「久しぶりだな」

使節は一瞬にして平静な表情を取り戻し、両手を重ねて顔を隠すほど深い礼をした。

「皇帝陛下に拝謁(はいえつ)いたします」

「そう固くならないでいいぞ。何度も会った仲だろう」

「め、めっそうもございません」

恐縮というよりも、敵となれあっていると誤解されては困ると考えているのかもしれない。

使節は困惑の表情だ。

「公主さま、お怪我はございませんか？」

使節は、翠鳳の存在を思い出したかのようにたずねてきた。

「……問題ありません。陛下にお助けいただきましたので」

翠鳳は皇帝と呼ばれた男に戸惑いの視線を向けた。

（この方が、わたくしの夫になる人なの？）

北宣の皇帝・紀永昊。十七の若さだとは聞いていた。

しかし、若いといっても、自ら翠鳳を迎えに国境にくるなんて。皇帝という立場の重さを考えたら、軽率とすら表現できるほどだ。

（南麗とは全然違うわ）

南麗の皇帝は、ほとんど外に出ない。日々、皇宮内を移動するのみである。

民も深宮の皇帝を目にすることはなく、その姿は分厚い帳に隠されているのと同様だ。

妻を迎えにくるだけでなく、敵襲にも動じていなさそうな永昊は、南麗の常識から完全にはずれている。

（でも、だからこそわたくしは命拾いをしたのだわ）
翠鳳は、桂河に目をやった。
水面に船の影はない。追っ手の船はすでに逃げてしまったのだろう。
（……正体がわからないままになってしまう）
誰が翠鳳を襲ったのか。
北宣なのか、南麗なのか。それとも、まったく関係のない誰かなのか。
物思いを耳障りな叫び声が打ち破った。
「あたくしにさわらないでちょうだい！　穢れるじゃないの！」
綏児が北宣兵に引きずられるようにして船から降りてくる。
「野人の分際で、触れるな！」
彼女の声が針のように耳に突き刺さる。
血の気が引き、視界が歪むような錯覚にすら襲われた。
（どうしよう）
恐怖の極みにあったせいか、綏児は取り乱している。
そんなときに毛嫌いする北宣人と接触し、混乱してしまったのだ。
だが、そんな事情など、永昊たちには関係あるまい。
「あの女はなんなんだ」

永昊は怪訝な顔をして、翠鳳に問いかけてくる。

翠鳳は奥歯を噛んでから小声で答えた。

「……わたくしの侍女です」

「侍女。あれが？」

永昊はますます訝しげにしている。

つい視線が足元に落ちそうになり、無理にでも顔を上げた。

（なんとかしなければ）

綏児の無礼は、主である翠鳳にも責任がある。本来ならば、北宣に伴うにふさわしいよう彼女を教育し、指導をしなければならないのだから。

翠鳳は勇気をふるい、綏児に告げた。

「綏児、失礼なことを言うのはやめなさい」

震える声で告げた翠鳳に、彼女は顔を真っ赤にして反論した。

「あたくしは失礼なことなんて申しておりません！　真実を述べているだけですわ！」

綏児の返答は、さらに愚劣なものだった。

翠鳳はますます追い詰められ、永昊を見ることができない。

（和平のための婚姻なのに……）

連れてきた侍女がこんなにも北宣を罵るのでは、南麗の意図すら不信を抱かれるだろう。

「そいつを解放してやれ」

永昊の命令を聞き、兵は綏児を解放する。

彼女がわざとらしくため息をつきながら、衣をはたいた。

「まったく獣の臭いがつくじゃないの。あたくしは四大貴族の生まれなのよ。本来ならば、こんなところに足を踏み入れたりしないわ」

「陛下、この侍女は公主さまのお荷物と思しき櫃から物を盗んでおりました。懐を探ればわかります」

兵が腹に据えかねたという顔で告発する。

「するはずがないでしょう!! あたくしを盗人呼ばわりするの!?」

綏児が癇癪を大爆発させ、唾を飛ばして罵った。

「北宣人こそ盗人と同じじゃないの！ 身代金を奪った上に公主まで望むなんて、図々しいにもほどがあるわ！」

自制心をかなぐりすてた綏児に、翠鳳はめまいがした。

綏児は母の出身である李家の一員だという理由で侍女につけられたが、結論としては最悪の人選だったと言わざるを得ない。

「その侍女の懐を調べろ」

永昊の命令に、使節がさっと顔色を変えた。

「陛下！　南麗の女人を辱めるのはおやめください！」

「南麗人に触れるな！」

南麗から連れてきた護衛が、綏児を捕らえようとする北宣の兵に摑みかかる。

たちまち乱闘がはじまり、翠鳳は震えた。

（なぜ、こんなことに……）

和平を結ぶための結婚のはずだった。

それなのに、ここで争っていては、なんの意味もない。

翠鳳の前では、南麗の護衛が北宣兵に殴られ、北宣兵ひとりに複数の護衛が摑みかかる醜態がさらされている。

そのうち、北宣兵のひとりが綏児を羽交い絞めにした。仲間の兵が懐に手をつっこもうとする。

「やめてぇっ！」

あまりにも悲愴な綏児の悲鳴に、翠鳳は永昊を見上げた。

鼓動がうるさく、極度の緊張を覚えたが、それでも場を収めるために、喉から言葉を押し出す。

「陛下、もう許してやってください」

「主の物を盗んだなら、侍女として一片の信も置けない。白黒つけておいたほうがいいぞ」

妥当な判断と思えたが、翠鳳は泣き喚く綏児をなんとか救わねばならなかった。

いや、この場を収拾する必要があった。

（……置いていくしかない）

このまま北宣に混乱の種を持ち込むわけにはいかなかった。

翠鳳は息をひとつ吸い、決意を固めてから告げる。

「陛下、わたくしはひとりで嫁ぎます。ですから、あの娘を解放してやってください」

腕組みして騒動を眺めていた永昊が、意外そうな顔をして見下ろしてくる。

「連れは要らないのか？」

「荷さえ運んでいただけるなら、連れは必要ございません。侍女も護衛も、そちらで用意した者たちでかまいません」

綏児や護衛を北宣に連れていっても、なんの益もないのだとはっきりと悟った。

それならば、決別するべきだ。

永昊がそばに控えている兵に目配せする。兵が静まるように声を張りあげた。

護衛や兵たちは不満げな顔をしつつも距離を置いた。解放された綏児がその場にひざまずいて子どものように泣いている。

翠鳳は綏児のそばに近寄った。上衣の袷が緩み、地面に大粒の真珠が五つこぼれ落ちている。

婚礼に伴う持参品だった。北宣で流通しているのは淡水の真珠で粒は小さい。南海で獲れる大粒の真珠は貴重で、そのために持たされたものだった。

翠鳳は真珠を拾い、彼女の膝に乗せた。

「綏児、これはわたくしからの餞別よ。わたくしはひとりで嫁ぎます。あなたは南麗にお帰りなさい」

乱れ髪の綏児は、憎々しげに翠鳳を見上げるが、沈黙している。

翠鳳は周囲の護衛たちに声をかけた。

「みなもご苦労でした。ここでお別れは残念だけれど、気をつけて帰ってね」

翠鳳は使節に向き合った。彼は目をそらしている。気まずいのか不服なのかはわからないが、彼には一行を率いて帰国してもらわねばならない。

「わたくしが嫁いだことを復命してちょうだいね。お父さまに心配をかけさせたくないの」

本物の公主ならば、きっとそう頼むだろう。しかし、彼は硬い表情で応じる。

「そうはいっても、婚姻の儀を確認しませんことには――」

「では、ここで成婚したことを見せてやる。それを眺めてから帰れ」

永昊は新しい娯楽を見つけた子どものように楽しそうに笑い、そばの兵に命じる。

「おまえは薩満の家の出だろう。用意しろ」

薩満は、北族古来の自然崇拝における祭司である。となれば、彼が婚礼を取り仕切るのだろう。

「かしこまりました」

兵はいったん馬のもとに去ってから、荷を持って戻ってきた。

他の兵も協力し、黒い毛氈（もうせん）をその場に広げる。

翠鳳は目を瞠（みは）った。場違いだが、好奇心を刺激されて胸が弾む。

（書に記してあったことと同じだわ）

北宣について記録した『北宣游旅記（ゆうりょき）』は、翠鳳の愛読書だった。そこに記述されていたのが、北宣は天を祀（まつ）るときに黒い毛氈を敷き、皇帝は西に拝礼して天に祈るというものだった。

南麗では南が天を祀る方角である。違いが興味深くて、よく覚えていたのだ。

薩満役の兵が毛氈の西側に立つ。毛氈にひざまずいた永昊に促され、翠鳳は彼の左側に膝をついた。

兵は何事かを唱えているが、内容がまったくわからない。

「北宣の言葉だ」

永昊に説明され、翠鳳はうなずいた。

官話は、北宣でも政府の役人や商人が使う言葉であると聞く。日常で話されるのは、別の言葉なのだ。

聞き取れない謎の言語を神妙な顔で聞いていると、薩満が助手役の兵から矢を受け取る。それをふたりの頭上で半円状に動かしてから、永昊に持たせた。両手で受け取った彼が、軽く持ち上げてから、翠鳳に渡してくる。おそらく顔いっぱいに疑問が浮かんでいたのだろう。永昊は笑いをこらえてから言う。

「俺と同じようにすればいい」

「は、はい」

永昊と同じように頭上に矢を掲げてから、手を差し出してきた薩満に返した。

(もしかして、狩りが首尾よくいくようにということかしら)

北族にとって、狩りは生活の糧を得るための大切な手段だ。婚礼で祈るには、必要なことなのだろう。

薩満がまた何事か唱える。永昊はその場にひれ伏した。彼の姿勢を確認してから、翠鳳も真似る。

永昊がしていたように己の手を重ね、おでこをつけて額ずいていると、頭の上から何か冷たいものを振りかけられた。

(水かしら)

よくわからぬまま、隣の永昊の気配に従う。

しばらくその体勢でいたあと、永昊が翠鳳の肘を軽く持ち上げてくる。翠鳳は彼の合図に従い半身を起こした。

薩満がふたりの前に金属の杯を置き、助手が何かの液体を注ぐ。

薩満は腰に吊るしていた短刀を手にし、永昊の左手を持ち上げた。杯の上に導き、小指の先の皮膚を少し切って、血を杯に垂らす。助手が彼の傷を拭っている間に、薩満は翠鳳の右手の小指の先を切った。血が杯に落ちていくさまを、小さな不安を抱いて見つめる。

（こんな記述は『北宣游旅記』にはなかった……）

いったいどういう意味があるのか、わからない。まさか呪いでもかけられるのではないか。

「誓いの杯だ」

永昊が小声で教えてくれる。

薩満が何事か言ったあと、永昊が杯を手にした。額の位置まで掲げてから、杯に口をつける。それから、翠鳳に手渡してきた。

杯の中の血はすっかり液体と混ざり合っている。しかし、翠鳳は液体の表面を眺めながら、身じろぎができなかった。

（飲むしかないのよ）

南麗に——祖国に翠鳳が生きていく場所はない。帰っても、待つ人は誰もいないのだ。

(退路はない)

もはや前に進むしかないのだ。

ふと視線を感じて、翠鳳は横を見た。永昊が自分をじっと見つめていた。

まなざしは穏やかで、ぬくもりがあった。肩からふっと力が抜ける。

左手で口元を隠しながら、杯に唇をつけ、静かに傾ける。

中の液体は酒だった。喉を下る酒は、燃えるように強くて圧倒される。

見届けた薩満が手を出してきた。

杯を渡せば、翠鳳たちに背を向けて残りの酒を宙に撒く。

酒の滴が光に映えてキラキラと輝いている。

翠鳳はその光景をまぶしく見上げた。


その夜、北宣の都・泰安に向かう一行は、街道を離れた平原に天幕を張った。

出立するのが遅くなり、近隣の城市に辿りつく前に夜が訪れたためだった。

北宣の兵たちが天幕を手際よく組み立てていく。支柱を立てるのも、幕を巡らせるのも、手慣れた様子だ。

天幕は北族が草原で使う住居だ。

翠鳳は物陰に立ち、南麗では見たことがない光景を眺める。

（……わたくしも、これから天幕で寝泊まりする機会が増えるのかしら）

いよいよ異国に嫁ぐのだという実感が迫り、不安半分、好奇心半分で作業を目で追う。

立ちっぱなしの翠鳳を見かねたのか、傍(かたわ)らにいる北族の侍女がささやいた。

「公主さま、腰かけを用意しておりますわ。一休みされてください」

二十代半ばの北族の女で、鷹(たか)に似た目と鷲(わし)の嘴(くちばし)のような鼻が特徴的だ。中肉中背で体格はしっかりとしており、男と同じく腰から下を縫い合わせていない丈長の上衣と褲を着ている。髪は無造作にまとめて金簪(きんしん)を挿(さ)すのみだが、耳元では赤瑪瑙(めのう)を連ねた耳墜(じつい)が揺れて華やかだ。

名を段善祥(だんぜんしょう)といい、後宮の女官長であるという。旅の間、翠鳳の世話をするのは彼女だ。

翠鳳は永昊をチラリと見てから答えた。

「できないわ。陛下はお休みされていないもの」

永昊は兵の作業の様子を検分しつつ、人手が不足したときは手を貸している。

（皇帝なのに、あんなふうに動かれるなんて……）

南麗だったら、絶対にありえないことだ。翠鳳は永昊に会ってから、ずっとびっくりしどおしだった。

「だからといって、公主さまが付き合う必要はありません。好きにさせればいいんです。お茶を用意しますから、どうぞおかけください」

侍女は、不敬としか思えない物言いをしてから、腰かけに案内する。それから、手近な台に置いていた碗を差し出した。

「お茶ですわ」

「ありがとう」

ほどよいぬくもりの碗には、茶褐色の茶が入っている。

南麗で愛飲される緑茶ではなく、発酵させたあとに固めた黒茶である。発酵されることにより独特の芳香があり、土の匂いと表現されることが多いが、翠鳳に出された茶は香り高い花を乾燥させたような芳香を漂わせる。一口飲めば、品のよい甘さとすっきりとした喉越しに、自然と一息つく。

「おいしいわ……」

緊張はやわらぎ、心の端に余裕が生まれる。

天幕の用意が終わるころに夕食になった。

夕食は携帯の干し肉と固い小麦の餅(ピン)だけだったが、外で火を囲んで食事をするのは想像以上に楽しいものだと胸の内がほっこりと温かかった。

永昊も、兵が歌ったり踊ったりする姿を眺めて満足そうにしていた。

(南麗だったら、皇帝と兵が同席するなんて絶対にありえないわ)

むろん兵は永昊にも翠鳳にも礼を尽くしているが、だとしても、物理的な距離が信じられないほど近いのだ。

食事が終わると、翠鳳は一足先に天幕へ入った。善祥の手を借り、お湯で濡らした手巾（しゅきん）で身体を拭（ぬぐ）うと、深衣状の夜着に着替えて髪を梳（す）いてもらった。

善祥が去り、灯火が灯（とも）された部屋でひとりになってから、翠鳳はほっと息をついた。備えられた寝台に腰かけ、膝の上に広げた『北宣游旅記（ゆうりょき）』の表紙に視線を落とす。

翠鳳が持参した私物は数冊の書のみだった。正確には、父と交流のあった商人から献上された書だけである。父が収集し、あるいは執筆していた書を商人は託されていたという。それを献上品という名目で翠鳳に返してくれた。

（きっと、お父さまは書を守ろうとされたのだわ）

なんらかの危険を察知して、書を商人に託した。手元に置いていれば、接収されるかもしれない。それだけならまだしも、燃やされる可能性すらある。

書を安全な場所に隠すことは、書こそ千金の宝と常々語っていた父がしそうなことではあった。

父の遺品でもある『北宣游旅記』の表紙を丁寧にめくる。冒頭は、つとに有名だ。

北宣の男は、みな戦士であるという一文に、彼らの強さが詰まっているのだと父は説明してくれた。

（北宣の男たちは、三つになったら馬に乗り、五つになったら弓矢をとる。騎乗すれば馬

と同化したごとく巧みで、騎射すれば動かぬ的を射るように走る獲物を仕留める）

　文字を読んでいれば、あっという間に書の世界に没頭できる。

　気づけば、北宣の習俗について記した箇所を目で追うことになった。

（北宣では、長子が立太子されるや、生母は死を賜る。これを子貴母死の制と呼ぶ）

　その行に至り、目が釘付けになったとき、書面に影が落ちた。

　見上げると、永昊がすぐ前に立っていた。

　驚愕のあまり息が止まる。彼は隣に座るや書面を覗いてきた。

「何を読んでいるんだ？」

　翠鳳は震える手で、さりげなく見えるようにと願いつつ書の頁をめくった。

「『北宣游旅記』と申しますの。三十年前に、我が国の文人が北宣を訪問した折のことを記した書ですわ」

　文人は南麗の政界から追われた男だった。教養豊かだった彼は、北宣について見聞きしたことを記して一冊の書にまとめた。彼は最終的に皇帝に赦されて南麗に帰り、この書を上梓したという。

「おもしろいのか？」

「ええ、とても。これを読みながら、北宣はどういう国だろうと想像するのが楽しかったものです」

翠鳳は素直に答えた。

書を読んでいたころは、まだ父が健在で、己の前途に陥穽が待ちかまえているなど予想だにしていなかった。北宣に行ってみたいと無邪気に父に訴えては、苦笑をさせていたものだった。

(……まさか、こんなことになるとは思わなかった)

北宣に嫁ぐことになるぞと当時の翠鳳に告げても、さすがに信じはしないだろう。

いや、そもそも、家族を失うことになる事実を信じさせるのが難しいだろうけれど。

「そうか。北宣に興味があったのか」

永昊は目を細めて微笑んでいる。

「はい。南麗とは習俗が異なるものですから。とてもおもしろくて――」

気づけば、永昊は体温が伝わるくらいに密着していた。

翠鳳は当惑し、首を傾げる。

「あの……こんな夜更けにお越しになるなんて、何かご用でもありましたか?」

書を閉じて脇に置く。大事な用があるのかもしれない。

永昊はふっと息を吐くように笑ってから、翠鳳の手をとった。

「何か困ったことはないか?」

「いいえ、特にございません。善祥が世話をしてくれて助かりました」

「それならよかった。やはり侍女がいないと不便だろうから」

「身支度はひとりでもできるのですが、天幕での過ごし方は慣れていなくて、善祥の手をずいぶんと借りました。ありがたいことですわ」

そう答え、彼を見つめたあとにようやく気づいた。

（……きっと、こんなおしゃべりをするためにお越しになったのではないわ）

おそらく共に夜を過ごすためだ。翠鳳は妻として嫁いできたのだから。

鼓動が駆け足になる。不意に綏児の忠告が脳裏によみがえった。

『公主さまは、この世のすべての不幸を背負ったような辛気臭い(しんきくさい)お顔をしていらっしゃるのですから、閨(ねや)に侍るときには、派手な嬌声(きょうせい)をあげなければなりませんわよ。北宣の男は狼に等しい乱暴者。不感症の女など、塵芥(ちりあくた)と同じ扱いを受けますわ』

そう言われたが、いったいどうするべきかよくわからない。

身じろぎもできずにいると、永昊が顔を覗いてきた。

「どうした？」

「あ、あの……これから何をしましょうか」

頬が急激に熱くなる。耳の先まで熱湯につかってのぼせたような気分になる。

永昊は不思議そうにしたあと破願(はがん)した。

「しばらくは何もしない。おまえが俺を受け入れようと思ってくれるまでは」

「でも……」

「怖いだろう、俺のことが。いや、俺の国にあるきまりが」

翠鳳はこんどこそ息を止めた。図星を指されたせいで、とっさに言葉が出てこない。

「……そんなことは、ありません」

語尾が消えてしまいそうに小さくなる。

永昊は翠鳳の手をくるむ手に力を込めて、真剣なまなざしをした。

「俺はおまえを殺さない」

力のこもった宣言を聞きながら、彼を食い入るように見つめる。

「俺は、妻を殺す夫には、ならない」

どう返事をしていいかわからず、翠鳳は唇を嚙みしめる。

本気なのか、それとも気休めなのか。黙ってしまうと、彼が苦笑をこぼした。

「信じられないだろうな、こんなことを言われても」

「い、いえ、そういうわけでは……」

「信じてもらえるように努力する。それしか、できないからな」

永昊の官話は、南人とは少し違う発音だ。でも、どこか不器用に聞こえるその声の抑揚が好ましいと思った。

裏表のなさを感じさせる声音だから。

「……はい」

翠鳳は小さくうなずく。

永昊は大きく伸びをしてから、力の抜けた笑みを浮かべた。

「じゃあ、寝ようか」

寝台にごろりと横になる永昊に翠鳳は啞然とした。

「い、一緒に寝るのですか?」

「何もしないぞ」

永昊は不思議そうだ。そんな顔を見ていると、警戒しているのがとてつもなく失礼に思えた。

毛布を彼の身体にかけ、翠鳳もその中に潜り込んだ。彼の隣に横たわり、緊張のあまりこぶしを握る。

(……寝られるかしら)

官婢のころは、狭苦しい部屋に雑魚寝(ざこね)をしていた。石敷きの床に筵(むしろ)を延(の)べ、すりきれた上掛けをかぶって寝ていた。疲労のあまり、横になった瞬間から意識を失ったが、起きたら身体が芯から冷えていて、全身がこわばっていたものだ。

この寝台は全然違う。布団は弾力があるし、毛布は毛足が長くて肌触りがやさしい。

ひとりなら心地よく寝られるだろうが、永昊が傍らにいては、とても眠れる気がしない。

「そばにこないか？」

永昊にささやかれ、翠鳳はためらいつつも、彼に寄る。

彼は翠鳳の背に腕を回し、抱き寄せる。懐にちょうど収まる体勢になった。

永昊が背をゆっくりと撫でてくれる。背筋をなぞるように大きな手が動く。

熱い手だった。そして、やさしい手つきだった。幼子をあやすようにとんとんと叩かれて、翠鳳は目を閉じた。

（温かい……）

永昊の体温が心地いい。心細さが消えていくのがわかる。胸の内までぬくもりで満たされる。

翠鳳は彼の胸に額を押し当てた。永昊の肌からは爽やかな香りがした。草原を吹く風のようだと思った直後、翠鳳の意識も風にさらわれた。

二章　皇后の務め

一行が奉安に到着したのは十日を数日過ぎたころだった。馬を走らせればもっと早くに到着できるらしいが、翠鳳は馬に曳かせた軒車に乗ってしか移動できない。おのずと速度は抑えられ、おそらく永昊たちにとっては、やたらとのろ
のろした旅程になったことだろう。善祥も退屈そうにしている。
(善祥は馬に乗れるのに、付き合ってくれている。ありがたいことだわ)
騎馬ばかりでなく騎射も得意だそうだが、善祥についての一番の驚きは彼女の夫が南人
であるということだ。南人と北族が婚姻を結んでいることに力づけられるし、なにより気
兼ねなく話せる。
善祥は気だるい表情をしていたが、とうとう大あくびをしかけ、ごまかすように咳払い
をしてから言う。
「もうすぐ到着しますから。長旅でお疲れでしょう」
「大丈夫よ……。それよりも、外を眺めていいかしら」
「もちろんどうぞ」
翠鳳は、目隠し代わりの垂れ布をそっと持ち上げた。
とたんに外から風が入り、軒車に吊るされていた花の香袋を揺らす。新鮮な外気のため
に、車内に満ちていた蜜のような芳香が薄れた。
翠鳳は身を乗り出すように外を観察する。列の前方には永昊がいるはずだが、翠鳳から

はよく見えない。彼は侍衛に囲まれて、その背は人垣に守られている。

（陛下はやさしい方だわ……）

毎夜共寝しても、互いに寝台に横たわり、ぬくもりを感じながら眠るだけ。ことに及ぶことはなかった。

永昊がそばにいることに次第に慣れると、翠鳳はむしろ安心するようになっていた。

永昊はやさしい。道中、翠鳳をずっと気にかけてくれ、頻繁に休息を入れた。

馬を走らせれば旅程は半分になったかもしれないのに、翠鳳の体調を気にかけて、無理をしないようにしてくれた。

（……陛下が、ただの牧夫だったなら）

翠鳳が彼のもとに嫁いだ庶民の娘であったなら。

きっと、もうすっかり彼のことを好きになっただろう。

けれども、そんな夢想は現実の重みに儚く砕け散る。

永昊は皇帝で、翠鳳は彼のもとに嫁いできた公主だ。それも偽者の。

（わたくしは、なんの価値もない女）

子貴母死のきまりで殺されるとしても、南麗は抗議などしない。

いや、翠鳳がどんな目に遭おうとも、故国は翠鳳を守らない。

嫁がせた時点で、翠鳳の役目は終わったのだ。翠鳳は北宣と南麗を繋ぐ役割など望まれていない。人質にもなれないし、南麗の矛先を鈍らせる力も持たない。

北宣にとって、翠鳳は貴重な宝石だと思って仕入れたら、色をつけた石ころを摑まされたのと同じだ。

永昊が翠鳳の本当の価値を知ったら、どう扱うだろう。

男子を生ませても、遠慮なく殺せると思うだろうか。それとも、男子を生まなくても殺すのだろうか。

『俺はおまえを殺さない』

それは、ただ人の翠鳳にも有効な約束なのだろうか。

乾いた風が翠鳳の頰を撫でていく。

深い息をついて、現実に意識を向ける。

大通りの中央を進む隊列を避けるように、人々は端を歩いている。

北族だけでなく南人の姿もある。おそらく南に逃げなかった晁の人々の末裔だろう。

「さあ西域から伝わる曲芸だよ。報徳寺に集まらんかね」

ひときわ目立っているのは、歩きながら球をいくつも放り投げては受け止める曲芸師だ。

周囲には人だかりができはじめ、呼び込みが官話と北宣語を軽快に口にする。

高帽をかぶった青い瞳の男たちがラクダに乗って通り過ぎる。西域からきた商人だろうか。

遠くに視線を向ければ、青玉色の屋根を戴いた高塔が、黄砂で霞んだ空にそびえ立っている。

康京を出立して一月弱が過ぎたというのに、北に位置する泰安の風は冷たいままだ。

泰安は晁国の京師であった。かつては天下の中心と呼ばれ、ここを制する者が天下の主なりと言われたために、何度も争奪の場になった古都である。ここに京師を移したのは、永昊の父である先帝だ。

もっと北にあった京師を捨て、戦乱により寂れた泰安を復興して北宣の拠点とした。これを聞いた南麗の朝廷は大きな衝撃を受けた。天下の中心を奪われたという理由だけではない。

泰安は南麗により近い。北宣がいずれは南麗に攻め込むという腹積もりを明らかにしたようなものだった。

隊列の前方から馬に乗った婦人が進んでくる。馬を止めて、永昊と侍衛に頭を下げたあと、またしても歩みを進めてくる。

（女性が馬に乗っているわ……）

翠鳳は密かに息を呑み、彼女たちを目で追う。

近づいてくる婦人たちは、善祥と似た格好をしている北族の女だ。

彼女たちは談笑しながら馬を歩かせている。背を伸ばし、颯爽と馬にまたがる姿は、南麗では決して見られない光景だ。

　馬上の婦人たちは軒車とすれ違いざまに頭を下げ、通り過ぎていく。

　遠ざかっていく姿を、翠鳳は首をひねって見送った。

「何か珍しいものでもありましたか？」

　背後から善祥が不思議そうに問うてくる。

「馬に乗っているご婦人がいたのよ」

　翠鳳は彼女と向き合うや、膝の上の『北宣游旅記』をめくった。目指す記述を見つけ、善祥に指で示しながら音読する。

「北宣では女も馬に乗って外出する。身分が高い女でも顔を隠さず、馬を操る姿は男と変わらない。彼女たちは身内のために奔走する。子弟のためによい仕事を探したり、よい結婚相手を探したりする。家に閉じこもる南麗の女とは大いに異なる――本で読んだことと同じだわ。女性が馬に乗って自由に外出できるなんて、南麗では信じられないことよ」

「へぇ」

　善祥はさして興味を惹かれてはいないようだ。

　北宣では当たり前のことだから、翠鳳が興奮している理由がわからないのだろう。

「……昔から、この一節を読むたびに不思議だったの」

　どんな気分なのだろうと想像していた。馬に乗り、風を受けて進むのは。

善祥が世間話のように言う。

「南麗ではめったに馬に乗らないんでしたね。移動は主(おも)に舟だとか」

「ええ。運河が京師の中でも網の目のように走っていて、物を運ぶときも舟に乗せるのよ」

「では、舟でお出かけされていたんですか？」

たずねられ、翠鳳は首を左右に振った。

「……外出はめったにしなかったから」

王府(おうふ)にいたときもそうだった。翠鳳は屋敷に閉じ込められ、いつも庭院(にわ)から切り取られた空を見上げていた。

「公主さまだとそうなるんですねぇ」

感心したように言われ、気まずくなって視線を落とす。

「ええ、そうなのよ……」

罪悪感に胸を刺され、翠鳳は内心で落ち込む。

細やかに尽くしてくれる善祥を騙(だま)している。いや、これからずっと翠鳳は北宣の人々を欺(あざむ)くのだ。生きるために。

翠鳳の葛藤(かっとう)を知らぬ善祥は話を続ける。

「じゃあ、暇(ひま)なときは、何をされていたんですか？」

翠鳳はできるだけ自然に聞こえるようにと気をつけながら答えた。

「習い事かしら……。琴棋書画(きんきしょが)をひととおり、それから刺繍や庭院を散歩したり」

「退屈じゃなかったですか？」

まっすぐな質問に、翠鳳は目を見開く。

記憶が脳裏をかすめていく。

『教養は必要よ。夫になる方のため、夫君を飽きさせないために。よく覚えておきなさい』

常に美しく着飾っていた母の教えが耳の奥で響く。

翠鳳はしとやかに頭(こうべ)を垂れ、けれど意気消沈しながら聞いていたものだった。

「……退屈だったわ。でも、それくらいしかできることがなかったから」

「まあ、お気の毒。あたしだったら、とても耐えられませんね」

善祥は肩をすくめる。

「そう？」

「馬に乗って駆け回っているほうがよっぽど楽しいですから。ひとところに閉じ込められるなんて、うんざりしそう」

善祥の発言に、翠鳳は目を瞠(みは)った。

そんな考えを披露しようものなら、南麗では常識はずれの女として扱われてしまう。それなのに、平然としている善祥に圧倒された。

（馬に乗る……）

許されるだろうか。翠鳳がもしも馬に乗りたいと主張したら。

「善祥、わたくしも……その……馬に乗れるかしら」

初めて『北宣游旅記』を読んだときのことを思い出した。

己が馬に乗って大地を駆ける空想に、心が浮き立ったものだ。

「陛下がお許しくださるなら、かまいませんよ」

返事はあっさりとしたものだった。

（馬に乗れる……）

むろん、北族のように馬を走らせて矢を放つなんて真似をしようとは思わない。

きっとそれは、翠鳳にとって難しすぎることだろうから。

けれど、先ほどの北族の婦人たちのように馬に乗ってみたかった。

（私情だけではないわ。北宣で生きていくためには、必要なことのはず）

北族の世界に溶け込むためには、馬に乗れるようになるべきだ。これからずっと北宣で生きていくのだと考えれば、なおさらだ。

「馬に乗れるようになったら、あんなふうに街に出ることも可能かしら」

善祥が一瞬目を丸くしてから、諭すようにやさしく言う。

「無理なさらずとも、よろしいんですよ。公主さまは南麗から輿入れされたのですもの」

善祥の思いやりはうれしいが、翠鳳は首を横に振る。

無理をしているのではない。北宣で生きる覚悟を行動であらわしたいのだ。

「いいえ、わたくし、がんばるわ」

翠鳳はまたもや外を覗く。馬に乗った女人が新たにあらわれた。

（わたくしだって、馬に乗れるわ……）

そう思えば、なぜだか心が無限に広くなるようだった。


泰安の皇宮は城市の北側を占めている。泰安自体が高い城壁に囲まれているが、皇宮もまた城壁の内側にあって、余人の侵入を阻んでいる。

その中でも、とりわけ奥まった場所にある後宮の皇后宮・坤安宮はふんだんに明かりが灯され、華やかな空気に包まれていた。

泰安に到着した翌日の夕刻。翠鳳は皇后として北族の貴族たちにお披露目されることになった。そのための身支度に余念がない。

身体を清拭したあと、衣を着替える。翠鳳が着たのは、北族風の衣裳だ。羊毛でこしらえた長い上衣は膝の下まで届き、腰から裾まで脇を縫い合わせないつくり。上衣の下には裙を合わせる。裙からのぞく沓先は北族が好む先がそりかえった形だ。

髪は高髻に結い金冠を飾る。耳には瑪瑙と真珠を連ねた耳墜が揺れて涼やかな音を立てる。白粉をしっかりとはたき、目尻に赤い線を引く。

「南麗では花鈿を額に貼るのが流行だそうですが、どうなさいますか？」

善祥に訊かれ、翠鳳はしばし考える。

花鈿は宝石や金銀、貝といった素材を薄く削って花蝶や鳥の形に切った装飾品だ。額に貼っておしゃれを競う。南麗では大流行しているが、北族の女子は誰もしていない。

（北族の服を身にまとうのは、北宣への敬意を示すため……）

そして、この国で生きるという覚悟を示すためだ。

翠鳳はかぶりを振った。

「要らないわ」

「かしこまりました」

手伝ってくれていた侍女たちが、翠鳳の姿を褒めそやす。

「とても麗しいお姿ですわ」

「おきれいです」

お世辞だろうとわかっていても、翠鳳は丁寧に礼を言った。

「どうも、ありがとう」

北族の中に南人である翠鳳がひとりという状況は、細心の注意が必要でもあり、正直なところ緊張を要する。

とはいっても、綏児を連れてきたなら、もっと最悪な事態になったであろうことはたやすく想像できた。彼女が振りまく敵意の後始末に駆けずり回らねばならぬことは明らかだったから、やはりひとりのほうがまだ気楽だろう。

「陛下のお越しです」

折よく永昊が入室してきた。

黄金の小冠（こかん）をかぶっており、肩と胸の部分に龍の刺繍がされた長袍（ちょうほう）を着ている。

腰には革帯を締め、その帯には黄金でこしらえた吊るし飾りが揺れている。吊るし飾りとは金の鎖の先に短刀や錐（きり）、鋏（はさみ）といった日用の品々をつけているものだ。騎馬遊牧民が生活に使う小道具を装飾品としたもので、もっぱら男性向けの飾りである。旅の間に観察したところ、護衛の兵もみな吊るしていた。

侍女たちが一斉に腰を落とす。右膝を地面につくほど曲げ、左の立て膝の上に両手を重ねる、北族の女がする挨拶（あいさつ）をした。

「陛下に拝謁いたします」

「楽にせよ」

「ありがとうございます」

侍女が立ったあと、翠鳳は永昊にぎこちなく微笑んだ。

「陛下」

「北族の衣裳も似合うんだな」

永昊は驚きと戸惑いと喜びが混じった顔をしている。

「あ、ありがとうございます。みんなが腕を振るってくれたおかげです」

北族の侍女たちの尽力によることを強調する。すると永昊がうなずき、侍女たちに言う。

「あとで褒美をやろう」

「ありがとうございます」

侍女たちがうれしそうに北族式の礼をする。

堂々とした永昊を翠鳳はまぶしく見つめる。彼は少しも曇りのない顔をしている。

それはまさに天子と呼ぶにふさわしかった。

「あの、陛下は……いえ、陛下のほうがもっとすてきです」

翠鳳が褒めると、永昊は目を丸くしてから、くしゃりと笑った。

影のない笑顔はまぶしく、翠鳳は太陽を直視したように目を細めた。

「だったら、翠鳳の隣に立っても、恥ずかしくないな」

永昊はそう言ってから、翠鳳の手をそっと引く。

「そろそろ時間だから、行こうか」

「はい」

永昊に促され、坤安宮を出る。

向かうのは、皇城と後宮の境目にある興華殿である。そこで、翠鳳をお披露目するのだと聞いている。

興華殿に至る道を永昊は馬に乗り、翠鳳は輿に揺られて進む。到着したら、輿から降りて数段の階（きざはし）を昇り、中に入る。

宦官（かんがん）に案内されて広い殿内に入れば、方形の小卓が左右に並び、北族の高官とその妻がずらりと並んでいた。皇太后は体調不良のために欠席という話で、ここには臣下しかいない。

しかし、翠鳳は気圧（けお）されるものを感じていた。彼らが翠鳳に向ける遠慮のないまなざしは、手に入れた宝石に見合った価値があるのか知りたいとでもいうようだ。

完全に威圧され、足が止まってしまう。

永昊が翠鳳の手をとって微笑んだ。彼の笑みには余裕があり、翠鳳を励ましてくれるかのようだ。

（がんばろう……）

永昊が手をつないだまま北側に用意された席に案内してくれる。

席に座ると、一番先頭にある席についていた老人が立ち上がる。

彼は杯を掲げ、官話で祝辞を述べ、さらには両国の和平を願う旨（むね）を口にする。

翠鳳は永昊に倣（なら）い、杯を掲げて彼の言葉を聞いた。

乾杯の音頭のあと、翠鳳は袖口で口元を隠しながら杯を干した。

やたらと強い酒精に、喉が焼かれそうになる。

北族は馬乳酒という乳を発酵した液体を飲むが、それは酒精が弱いと聞く。この酒は蒸留させて酒精を高めた酒なのだろう。

思わず胸元に手を置くと、控えていた善祥がすかさず湯冷ましを出してくれる。湯冷ましを飲んで喉の奥の違和感を取り除こうとしている間にも、皇族やその夫人たちが次々と翠鳳たちの前にやってきた。宦官が彼らの役職と身分を呼びあげ、呼ばれた者は祝いを口にする。

翠鳳は必死に彼らの顔かたちと名、身分を頭に叩き込む。

（こちらの方は先帝の三弟で、さっきの方は先々帝の弟君……）

皇族たちだけでも覚えるのは大変だが、さらに続くのが高官たちだ。

頭が沸騰しそうで、出された料理にも手をつける気になれない。

「平陽王さま、平陽王妃さまのおなりです」

宦官が甲高い声で来駕を告げると、場がにわかにざわついた。

互いに目を見交わす様子からして、何か含みがあるかのようだ。

背後に立っていた善祥が、すかさず耳元でささやいた。

「平陽王さまは先帝の末弟で、陛下の叔父上です。都督中外諸軍事という軍事の大権を授けられております」

「ありがとう」

近づいてくるのは筋骨隆々とした男だった。年は三十を過ぎたころだろうか。よく日焼けした顔に柳の葉の形をした目が印象的な美丈夫だ。

もっとも、翠鳳の意識が奪われたのは、彼に続く美女だった。

(なんてきれいな方かしら)

茶金の髪を高く結い、黄金の歩揺冠をかぶっている。冠に飾られた黄金の枝が揺れて光を弾き、白い耳たぶには草原の青空のような瑠璃を連ねた耳墜が輝いているが、それよりも印象深いのは、目尻の切れた、冴えた目元だ。鮮烈な美貌の持ち主に知らず見惚れてしまう。

ふたりはそろって卓の前で立礼した。

「陛下と皇后さまに拝謁いたします。遅れまして、まことに申し訳ございません」

「叔父上にしては珍しいな。どうかしたのか?」

永昊のかける声は親しげだ。よほど心を許せる間柄なのだろう。

「わたしの気分がすぐれなかったせいですわ、陛下」

「珍しいな、朱綺」

王妃の名は朱綺というようだ。永昊の口調は気安く、胸の奥がなぜだかちくりと痛む。だが、それを無視して翠鳳は彼女の体調を心配する。

「ご無理をなさっていませんか？」

「皇后さまのご配慮に感謝いたします。少々、胸焼けがしただけなのです。もうすっかり元気ですわ」

「ならば、よかった。平陽王さま、どうかいたわってくださいませ」

「皇后さまのお心遣い、まことにうれしく存じます」

　平陽王は真剣な顔をして頭を下げる。無骨な好漢という雰囲気で、永昊が叔父に向ける視線には全幅の信頼が滲んでいる。

「叔父上、あとでゆっくり飲もう」

「ありがたくお受けいたします」

　退いていく平陽王の背を朱綺がからかうように軽く叩いている。いかにも仲睦まじい夫婦の情景だ。

　ふたりが席についても、ざわめきが低く続く。

　しかし、翠鳳は心なしか緊張が解け、またもや目の前に高官やその奥方が並んでも、穏やかに応じられるようになった。北族が好むという琵琶の楽の調べがようやく耳に届くようになる。

　ひとときおりの挨拶を受けたあとは、無礼講なのか、高官たちは席を立って酒を交わし合っている。夫人たちもそこかしこで輪をつくり、おしゃべりに興じている。

気が抜けたところで身体の内側が熱くなる感覚が生じ、ふうっと大きく息をついた。

　どうやら酔いが回ってきたようだ。

　翠鳳は永昊にそっとささやく。

「陛下、わたくし、酔い覚ましに少しだけ外に出てもよろしいでしょうか」

「いいぞ、一緒に行こう」

　同行する気まんまんで席を立とうとする永昊に、翠鳳は驚いた。

「いえ、ひとりで大丈夫です」

「夜だし、危ないだろう」

「庭ですよ？」

　兵も守っているであろう場所だ。なぜ永昊がついてくるのか――そもそも、主役ふたりが同時にいなくなるのはよくないだろうと心配が募る。

「ほんの少しの間です」

「あたしがついてまいりましょう。でしたら、陛下も安心のはず」

　善祥の助け船に、翠鳳もうなずく。

「善祥がいてくれたら安心です」

「ならいいが。気をつけるんだぞ」

　永昊は遠い旅路に送り出すような表情だ。

（すぐそこなのに……）

永昊はいつも翠鳳を気にかけてくれる。そのことにうれしさと面映ゆさを感じつつ、外に出る。

建物の脇の走廊を通って庭に足を踏み入れた。

庭にはいくつもの灯籠が立ち、闇にほのかな光を投げている。

天にはきらめく天漢が流れているが、地上には太鼓橋がかかった池があった。池の真ん中の小島まで橋はかかっており、小島には亭がある。

橋を渡りつつ、善祥にたずねる。

「ここは晁の皇宮を改築したところなのでしょう？」

「皇后さまのおっしゃるとおりです」

かつては天下の主であった晁国。その皇宮は戦乱の中に寂れていったが、先帝が京師を移した折に皇宮も改築した。おそらくは以前と大きく変わっていないのだろう。庭院は、樹木や奇岩の配置に趣があり、いかにも南人が好みそうなつくりだ。

「陛下が南人の庭師を招いて整備させたんですよ。皇后さまが望郷の念に駆られたときに過ごせるようにと」

「……ありがたいことね」

橋の頂点で立ち止まり、翠鳳は真っ黒な池に視線を落とす。夏になれば、蓮は咲くだろうか。水の中に魚は泳いでいるだろうか。深い闇に覆われて、今は何も見えない。

順王府の庭院に立ち、青い空を見上げていた日々を思い出す。

馬に乗れるかもしれないという希望を抱いてしまうと、北宣でもあんな日々を送りたいとは思えない。むしろ、心が重くなる。

「善祥はどう？　この庭は好き？」

「あたしは外で馬を走らせたほうが楽しいですけどね」

「そう。わ、わたくしも……もしかしたら、そっちが——」

「皇后さま！」

「皇后さまはあちらよ！」

女たちが口々に翠鳳を呼ぶ声にぎょっとする。

橋を北族の女たちが渡ってくるのを見て、善祥は眉をひそめた。

「……にぎやかですねぇ」

「坤安宮にお戻りになられたかと案じておりましたが、こちらにおられたのですね」

「え、ええ」

善祥を押しのけるようにして目の前に立った夫人が翠鳳の手を握る。

満月の顔は笑みをたたえ、ふくよかな肉体に細かな刺繍をされた長衣を着ている。

「よかった。皇后さまとぜひお近づきになりたいと思っておりましたのよ」

「……わたくしもですわ。慶全侯夫人」

先ほど紹介された身分を思い出して声をかける。

「皇后さまに覚えていただけたなんて光栄ですわ！　ところで、皇后さま。何かお困りごとはございませんか？」

にこやかにたずねられ、翠鳳は啞然とする。

「こ、困りごとですか？　まだ入宮したばかりで、特に何も――」

「よろしければ、うちの娘をおそばに仕えさせていただくことはできませんか？　まだ十五ですが、気の利くよい娘ですわ。相手の意図を汲んで行動できる賢い娘です。きっと皇后さまのお役に立てるかと存じます」

「我が家にも利口な娘がおりますの。皇后さまに心を尽くして仕えることができますわ。いかがでしょうか、試しにお使いいただけませんか？」

「皇后さま、ぜひ北族の娘をそばに置いてくださいさい。皇后さまはひとりで嫁がれ、不便をなさっておられる模様。うちの娘は騎射に長け、狩りも得意。皇后さまの代わりに皇帝陛下にお仕えいたしますわ」

口々に売り込み文句を放たれ、翠鳳は寄ってくる夫人たちを見渡した。

（当然のことよね……）

翠鳳は南麗の公主として嫁いできた。だから、皇后という志尊の地位を与えられた。

一国を背負って嫁いだ女が、永昊の後宮で頂点に立つのはある意味当然だ。

ところが、想定外だったことがあった。永昊には妃がひとりもいなかったのだ。

皇帝であるからには後宮を有し、そこに多くの妃嬪を囲うのは当たり前だ。世継ぎを儲けるためには不可欠なことである。

南麗の皇帝もそうだった。後宮には、四大貴族をはじめとする貴族たちが献じた美姫がひしめいていた。

彼女たちの寵愛を巡る争いを、翠鳳も直に見たし、噂を耳にもした。

だから、覚悟をしていたのだ。永昊はすでに自身の後宮に多数の妃を抱えており、翠鳳は皇后としてそれを管理するのだろうと予測をしていた。

それなのに、永昊の後宮は空だった。住人は影もなく、建物は塵埃をかぶるしかない状態である。

(異常なことだもの)

百歩譲って皇后が定まるまで後宮のことは保留にしていたのだというなら、定まったいま他の妃嬪が必要だと北族の者たちが考えるのは当たり前のことだろう。

しかし、かすかな違和感を覚えざるを得ない。

(この国には子貴母死の制があるのに)

皇太子を決めたあと、その生母を殺すという北宣独特の制度である。

南麗では世継ぎを生めば称賛され、妃の地位は上昇する。

それなのに、北宣では世継ぎを生んだ実の母は死を賜るのだ。

（そんなきまりがあるのに、娘を入宮させようと思うのかしら）

信じがたいことだ。翠鳳が母であれば、なんとしても娘の入宮を避けようとするだろう。

「あの……でも……」

「皇后さまは南人ですもの。馬に乗らず、弓射もおやりにならない。北族は皇帝陛下の巻き狩りにお供するのがきまりです。皇后さまができないならば、代わりの者が必要でしょう」

「北族の妃は、ときには戦場にも付き従いますわ。兵を率いて皇帝陛下をお守りするのも務め。南人の皇后さまをそんな危険にさらすわけにはいきませんもの。どうか北族の妃を迎えて、皇后さまの代わりを務めさせてください」

「そうですわ。皇后さまは、南人ですもの。南人の男は、何もできない娘を愛玩するそうですけれど、北族はそうも参りません。役に立たない女は、無能の烙印をおされるだけですわ」

夫人たちが目を笑みの形にして言う。

翠鳳は息を呑んだ。

親切心からの忠告と素直に受け入れるには、あまりにも棘のある言葉だった。

「わたくしは……でも……」

「もしかして……子貴母死のことを気にしていらっしゃる？」

「そうですわ。南人はいつでも北族を罵りますもの。野蛮で礼を知らない者たちと」

「わたくしたちだって、皇后さまや上級の妃に死を賜るような乱暴はしませんわよ」

「そうですわ。どうぞご安心くださいませ。北族の名族の娘が入宮する場合、死んでもかまわない女を伴ってまいりますのよ」

　翠鳳は目を瞠った。

「死んでも、かまわない女ですか？」

「ええ。家の奴婢で見目麗しい者を連れて入宮しますの」

「長男を皇太子に立てますから、まずはひとりめの男子を生むまでが問題です。ですから、北族の女は入宮をするときに奴婢を伴ってまいりますの。奴婢に男子を生ませてから、高貴な女は侍寝をいたします。生ませる奴婢は、もともと殺すための女ですから、心を痛める必要などございません」

「陛下のお母上も皇太后さまが連れてきた奴婢でしたのよ。わたしたちはずっとそうしてまいりましたの。男に方策があるなら、女は対策を考えるもの。北族の女は聡明ですもの」

　笑い合う夫人たちを、翠鳳は信じられない思いで見渡す。

（殺すための女……）

要は子貴母死の生贄(いけにえ)だろう。世継ぎは必要だが、生母は殺さねばならない。なんでも、北宣を樹立した初代皇帝の生母が自ら命を絶ち、今後、皇帝の生母には必ず死を賜るようにと遺言を残したというが——。

（殺すための女とは、いったいなに？）

必要だと言われても、翠鳳の心はどうしたって拒絶する。

「皇后さま、わたくしの娘は本当にいい娘ですのよ。賢くて、人柄もいいのです。きっと皇后さまのよい話し相手になりますわ」

「わたしの姪はいかがですか？　話し上手で菓子をつくるのが得意です。きっと皇后さまを楽しませるとお約束しますわ」

迫られて、翠鳳は橋の欄干に背を押しつける。

「みなさま、落ち着いてください」

見かねた善祥が割って入ろうとする。

「段(だん)家の娘。おまえは口を挟まないで」

「そうよ。夫とともに陛下を囲い込んで、余人を近づかせまいとしているんでしょう。ここでも邪魔をする気なの」

「そんなつもりはありません！」

善祥は行く手をさえぎられて、翠鳳に近づけない。そこに小さな足音と、軽やかな笑い声が届いた。

「おやめくださいな、みっともない」

歩いてくるのは平陽王妃・朱綺だ。彼女は侍女をふたり伴い、足首に羽の生えたような足取りで近づいてくる。

「まあ、平陽王妃さま」

「なぜ、こちらへ」

夫人たちが脇に寄る。

皇帝の信頼厚い平陽王の妃であるから、みな遠慮した様子だ。

「一匹の鹿を狼が奪い合っているようで、見ていられませんでしたの。皇后さまはおびえていらっしゃいますわ。みなさま、落ち着いて」

朱綺は年かさの夫人たちを前にしても、まるでひるんだ様子を見せない。堂々とした姿は、むしろ彼女こそ皇后にふさわしいと思わせる。

「わたくしたち、そんなつもりはありませんでしたのよ」

「もちろんですわ。みなさまは北宣の流儀を通していらっしゃるだけ。でも、それは北族ならまだしも、嫁がれたばかりの皇后さまを驚かせるだけですわ」

朱綺は艶(あで)やかな微笑みを浮かべる。夫人たちは互いに顔を見合わせた。

「みなさまもお気が済んだでしょう。これから先は、わたしが皇后さまをお借りしますわ。

ふたりでゆっくりとおしゃべりしたいのです。なんといっても、陛下をお支えする平陽王の妃の人となりをご理解いただかなければなりませんもの。よろしいですわよね？」

　悪びれない物言いを聞き、夫人たちは苦笑を漏らしつつうなずいた。

「平陽王妃さまがそうおっしゃるなら、わたくしたちが皇后さまを引き留めることなどできませんわ」

「まったくですわね。お若い方々が交友を深めるのは当然ですもの」

　朱綺は笑みを振りまきつつ、翠鳳の肩を抱くや、歩を進める。

「皇后さま。あちらの亭で一休みいたしましょう。皇后さまは、お疲れでしょうから」

「ありがとうございます、平陽王妃さま」

「善祥、ご夫人方を送ってさしあげて」

「かしこまりました」

　善祥は夫人たちを宴の場に戻そうと案内する。

　翠鳳と朱綺は亭に入り、腰かけに腰を下ろした。朱綺付きの侍女のひとりが橋を戻っていく。

　向かいに座った朱綺に、翠鳳は頭を下げた。

「感謝いたします、平陽王妃さま」

「みな、目の色を変えて皇后さまに食いついていらっしゃるものだから、つい割って入ってしまいました」

「おかげさまで助かりました。どうしていいかわからなくて……。でも、『北宣游旅記』に書いてあったとおりですね。北族の女性は身内のために奔走する。子弟のために仕事や嫁を探すという記述がありましたもの」

書にあったことが目の前で繰り広げられていた。そのことに驚きと感心を覚える。

「こんなものはかわいいほうですわ。夫や息子の官職が上がらないと、人事を司る吏部に文句を言いに行く夫人だっておりますのよ」

「まあ……」

二の句が継げなかった。南麗でそんなことをしたら、どれほど非難されるか知れない。

「もちろん、吏部だって、素直に応じませんけれど」

朱綺はゆったりと微笑みつつ言う。

「皇后さま、北族の女をどうか嫌わないでくださいませね。夫人たちがあんなふうに訴えてくるのは当然のこと。陛下はこれまで女人に冷淡で、さては重度の女嫌いかと疑われていましたのよ。それが皇后さまを迎えられた。この変化は好機だと見て乗じようとするのは自然です」

「そうだったのですね」

妻妾を持たず、世継ぎを儲けないのは皇帝としての責任を果たしているとはいえない。

非難されても仕方のないことだから、夫人たちが翠鳳に身内の女子を売り込むのも理解できる。

「陛下には何度も妻を娶る節目がおありでした。即位のとき、親政をはじめられたとき……とりわけ、先帝崩御後はある意味、陛下は妻を娶る義務がございました」

「……継妻婚のことでしょうか？」

翠鳳がたずねると、彼女は大きくうなずく。

北族には、父や兄が亡くなったときに、実母以外の女を妻として娶る継妻婚という風習がある。この習慣に従えば、永昊は皇太后以外の妾妃を引き取らねばならないはずなのに、後宮が空ということは抵抗したのだ。

「陛下は、先帝の妃嬪をひとりとして後宮に残しませんでした」

「では、みなさまどうなったのですか？」

「皇族や臣下に下賜したのです」

「それは……」

内心で落ち込み、膝に視線を落とす。

北族の継妻婚は、自然環境が厳しい草原で、夫を失った女を守るために生まれた風習だという。しかし、この風習は南人がもっとも忌み嫌う習俗だった。父の妻は、たとえ実母でなくても母として敬うという南人からすれば、畜生にも劣ると口を極めて罵るものである。翠鳳も抵抗を覚えるのは事実だ。

「無理やりではありませんわ。ちゃんと嫁ぎ先は女たちの希望を訊きましたから。わたしたちも意見をはっきりと言いましたのよ。ただし、陛下のもとに残りたいという希望は聞き届けられませんでしたけれど」

朱綺は肩をすくめる。

翠鳳は彼女をまじまじと見てしまった。

「わたしたち、とは?」

「わたし、先帝の後宮におりましたから」

「まあ……」

翠鳳はとっさに言葉を失う。

本来ならば、彼女は翠鳳にとって姑にあたるはず。つまり目上であったのが、今は臣下の妻。立場がまったく違っている。

「皇后さまには信じられないことかと存じますが、わたしたちにとって、再婚はありふれたことですわ。ですから、お気になさらず」

朱綺の微笑がやさしく、翠鳳は胸を撫で下ろす。

「ありがとうございます。わたくし、ものを知らなくて」

「皇后さまは北宣に嫁いだばかり。ゆっくり慣れていけばよろしいかと存じますわ」

「平陽王妃さまにそう言っていただければ、安心です」

朱綺が形のよい唇を持ち上げる。

「なんだか他人行儀ですわね。わたしのことは朱綺とお呼びください」

「朱綺さま、ですか」

「ええ。おそれ多いですから、わたしは皇后さまと呼ばせていただきますが」

「いえ、わたくしのことも名で呼んでいただければ」

「では、翠鳳さまとお呼びします。もちろん、このような私的な場でのことにしますから、ご安心ください」

ふたりして笑みを向け合う。

（よかった……）

夫人たちの勢いには正直戸惑ったし、南人であることに疎外感も受けた。しかし、年の近い朱綺が翠鳳を受け入れてくれることに安堵する。

そこに朱綺の侍女が戻ってきた。盆に茶碗をのせている。

そばかすの目立つあどけない娘だ。彼女は盆を卓に置いてから、茶碗を手にした。緊張しているのか、碗を掲げた手が小刻みに震えている。

「こ、皇后さま、どうぞ」

「お待ちなさい」

朱綺が厳しく制止する。

「その茶、飲んでごらんなさい」

翠鳳は朱綺と侍女とを見比べる。侍女は、亭に吊るされた吊り灯籠の明かりの下でもわかるくらいに青ざめている。

「王妃さま、わたしは――」

「いいから、飲んでごらんなさいと言っているのよ」

侍女はガタガタと震えだした。

「その……あの……」

「よけいなことをしゃべらず、飲みなさい」

侍女は朱綺に再度促されると、とうとう碗を卓に置いてからその場に膝をついた。

「申し訳ございません」

がばりとひれ伏す。

「何が申し訳ないの？」

翠鳳がたずねると、侍女は頭を上げてから、顔をそむけた。

「おまえには耳がないの？　皇后さまにお答えしなさい」

朱綺が冷たく言う。侍女はいったん両手で顔を覆ってから、手をほどいた。

「……このお茶には……毒が……」

「毒？」

翠鳳は啞然とし、つい朱綺を見てしまう。彼女は険しいまなざしを侍女に投げている。

「誰がおまえに命じたの？」

「そ、それは……」

侍女は目線を翠鳳と朱綺の間で動かした。

「も、申し上げることはできません」

「舐めた口を利くものね。主はわたしじゃないの？」

朱綺は席から立ち、侍女を見下ろす。侍女は全身を震わせている。

「わたしは、無理やり、命じられて……わたしのせいじゃありません！」

「ふざけた言い訳はやめなさい！」

ぴしゃりと叱りつけた彼女の言葉を聞きつけたのか、荒々しい足音がした。

永昊が橋を歩いてくるのが見える。

そちらに視線を向けたときだった。目の端に映る侍女が茶碗を手にし、一気に呷る。

侍女がその場に倒れ、喉をかきむしる。朱綺が侍女のそばに膝をつき、彼女の頭を抱えた。

「吐きなさい！」

彼女の声は鬼気迫るものだった。主だからではなく、人としての焦燥があらわれている。

だが、侍女は喉を押さえながらも、決して茶を吐こうとはしなかった。目を剝いて悶絶する姿は衝撃的で、無意識に翠鳳は後退る。何かにつまずいて倒れそうになったとき、永昊が翠鳳を支えた。

「どうした？」

「陛下、申し訳ございません。わたしの侍女が皇后さまに毒を盛ろうといたしました」

朱綺は言葉を濁さず、堂々と答える。

翠鳳はあわてて補足した。

「朱綺さまが……いえ、平陽王妃さまが侍女に声をかけて、危ういところを助けてくださったのです」

朱綺を疑われるのはごめんだった。彼女の対応を見ていれば、毒を盛るよう命じたわけではないとわかる。

「朱綺、どういうことだ？」

翠鳳の肩を抱き、永昊は声を硬くする。

「わたしもわからないわ。ただ、誰かがこの娘に命じたのは確か」

朱綺は無念そうに応じる。侍女は頭をがくりと垂れて、もはや命を失ったのは明らかだ。

「わかった。念のために調べさせてもらうぞ」

「かしこまりました」

ほどなくして、侍衛が異常に気づいたのか集ってくる。

翠鳳は胸を押さえた。

（わたくしの命が狙われている？）

いったい黒幕は誰なのか。北宣だけを怪しむわけにはいかない。南麗ですら疑うに値する。

侍衛が朱綺を促し、この場から連れていく。おそらくは聞き取りと調査をするのだろう。

彼女の背を見送りながら、翠鳳の心はふさぐ。

会ったばかりの彼女が翠鳳を狙うなど考えられない――いや、考えたくない。

「翠鳳、すまん」

永昊が簡潔に謝罪する。

「大丈夫です」

「……必ず守るから」

誓うように言われ、翠鳳は彼の目を見つめる。

（……どうしてこんなにも大切にしてくれるの？）

翠鳳は敵国の女だ。和平のために望まれた戦利品だ。憎まれても、拒まれても仕方ない。

それなのに、永昊はやさしい。まるで翠鳳を第一に考えてくれるとでも勘違いしてしまいそうだ。

（わたくしに、そんな価値はないのに……）

彼を騙しているのが苦しい。翠鳳は自然と頭を垂れる。石畳の床に黒々とした影が落ちている。翠鳳の心を飲み込もうとするかのように真っ黒な影だ。

「陛下、何がありましたか⁉」

高官たちがあわてて太鼓橋を渡ってくる。もはや祝いの空気はなく、場は戦場のように殺伐としだしていた。

翌日。

翠鳳は永昊と外出した。

朝食を済ませたあと、翠鳳は身支度を整える。忍冬が織りだされた襦裙を着て、帔子を羽織る。結った髪には黄金の簪釵を飾り、耳には金糸を巻いてつくった粒と小粒の真珠が連なる耳墜を揺らす。

北宣では黄金がもっとも珍重され、老若男女問わず黄金の装飾品を身に着けており、翠鳳に用意されたのも黄金製のものがもっとも多い。

軒車に乗り込んだあと、翠鳳は疲れを感じて目を閉じた。

（結局、毒を盛るよう指示した人間はわからなかったと聞くわ）

朱綺は服を脱いでまで毒を持参していないか調べられた。もちろん毒は彼女の身体からは発見されず、なぜ侍女が毒を盛るに至ったかわからないと説明した。
夫である平陽王も従順に調査に応じた。

（おふたりは黒幕ではないだろうと陛下はおっしゃっていたもの）

実際に翠鳳を殺したければ、朱綺が邪魔したのはどう考えてもおかしなことだ。そのまま茶を飲ませればよかったのだから。

船の旅程で襲われたことといい、今回のことといい、後ろで糸を引いている操り手がわからないのは不気味だ。

だが、不気味だといえども、翠鳳が北宣で生きていかねばならないことに変わりはない。

今日も、皇后として挨拶をするために、皇太后が住むという寺院に向かっている。

（それにしても、不思議なことだわ。どうして皇太后さまは、後宮にお住まいではないのかしら）

南麗では、皇太后は皇后よりも権威と権力を有しており、後宮の一角に宮殿を設けて睨(にら)みを利かせている。それなのに、北宣の皇太后は城市内にある寺院に住まいを移し、明け暮れ読経(どきょう)と写経をしているらしい。

（先帝の菩提(ぼだい)を弔(とむら)うためというらしいけれど……）

南麗では貴族から平民まで仏事に勤(いそ)しむ者は多いけれど、北宣でもおおいに流行しているという。皇太后も熱心な修行者なのだろうか。

しばらくすると急な眠気に襲われ、いけないと思いながらも自然と頭が垂れる。

ガタンと揺れた瞬間に覚醒し、同乗する善祥と顔を見合わせた。

「到着したのかしら」

「いえ、まだですよ。寝ていてください」

笑いをこらえているのか、善祥が目を三日月の形にして言う。

ばつが悪くなり、翠鳳はあわてて答えた。

「いえ、大丈夫よ。わたくしは平気」

それから、垂れ布を持ち上げて外を眺めた。頭を出すようにして前を見れば、永昊が馬に乗って進んでいる姿がある。横につく護衛と何か話をしているが、笑っているのか時折肩を揺らしていて楽しそうだ。

彼の背中は広くて、いつも頼もしい。それに、南麗の人々のように、むやみやたらと翠鳳を傷つけたりしない。

ありがたいと思うと同時に、針が刺さったように心がうずく。

己の出自を死ぬまで黙っていなければならないという引け目があるせいだ。

胸がつきりと痛み、翠鳳は頭を引っ込めた。即座に、善祥が身を乗り出してくる。

「陛下とはどうですか?」

「どうって?」

「訊きにくいことではありますが、何もございませんよね」

翠鳳はとっさに言葉に詰まった。

永昊と関係を持ってはいない。それは確かに非難に値することである。

翠鳳は永昊のために世継ぎを生まねばならないからだ。

「わ、わたくしは、その……」

「あたしには、とやかく言うことなどできやしません。ただ、心配しております。皇后さまはこの結婚がおつらいのではないかと」

言われたことが予想外で、翠鳳は口をポカンと開いた。

「つらくなどないわ。とても光栄に思っているもの。わたくしは和平のために結婚したのだから」

「本当ですか？」

善祥は翠鳳をじっと見つめ、翠鳳の手をそっと握る。

彼女の真剣なまなざしに、翠鳳は唇を噛んでから答えた。

「わたくしは……北宣に嫁いでからのほうが、ずっと幸せよ」

南麗にいたときと異なり、翠鳳は大切にしてもらっている。

むしろ、心苦しいくらいだ。翠鳳はろくな恩返しができないのだから。

「……信じてよろしいのでしょうか」

善祥が不安そうに言う。その顔が、まなざしが、無理をするなと言っているようだ。

「わ、わたくしが不甲斐なくて、まだ陛下と結ばれる心の準備ができていないの。陛下は、慣れるまで待つとおっしゃってくださったわ」

翠鳳の返事を聞き、善祥はほっとした顔をした。

「よかった。安心しました」

「心配させてごめんなさい。必ず妻としての役割を果たすわ」

男子を生む。それこそが、翠鳳の務めだ。

(陛下はわたくしを殺したりしないとおっしゃってくださった)

だが、未来はどうなるかわからない。正直、子貴母死のきまりに従うのはかまわないと思っている。家族を救えず、北宣を欺いている罪深い女。もしも、一国の世継ぎを残したことで死を与えられるのだとしたら、上等な末路だろう。

「どうかゆっくりと陛下との距離を縮めてください。陛下は、皇后さまを誰よりも大切にしたいと考えていらっしゃいますから」

祈るような善祥の言葉が温かく、胸に染み入る。

「ありがとう、善祥」

「皇帝と皇后といえども、一皮むけば夫婦です。心を通じ合わせるのが第一ですよ」

善祥がそう言ったあと、翠鳳の手を握る指に力をこめる。

励まされるようで、翠鳳は小さくうなずいた。

しばらく走ったあと、軒車は皇太后が住むという大願寺に辿りついた。

軒車が停止したところで、扉が開かれる。外では永昊が待っていた。膝丈の上衣と褲を着て、毛皮を裏打ちした袍を袖を通さずに肩に羽織っている。凛々しい姿の永昊は、降りようとする翠鳳に手を貸してくれる。

「ありがとうございます」

永昊の大きな手は節々が固い。日々の鍛錬のほどがうかがえる手で、好ましく思える。

「疲れただろう」

「いいえ、大丈夫です」

翠鳳は首を左右に振った。鼓動が落ち着かないのは、皇太后に会うという緊張だけではないかもしれない。

彼と並び、気を取り直してあたりを見渡す。広い敷地には枸橘の木が茂り、合間に建物が連なっている。

目の前には基台に建てられた立派な宿坊があり、その奥には五層の塔が立っていた。天高くそびえる塔の屋根瓦を中天に至った太陽が照らしている。

宿坊から北族の女が出てきた。彼女は侍女を伴い、階を下りてくる。

それから、翠鳳たちの前で腰を落として礼をした。

「慶全侯が妻が皇帝と皇后さまに拝謁いたします」

彼女はふっくらとした顔に愛想笑いを浮かべる。

永昊が満足そうにうなずいた。

「慶全侯夫人は、皇太后さまへご挨拶にこられたのか。感心なことだな」

「はい。お元気そうで安心しました」

「それはよかったわ」

翠鳳が微笑むと、慶全侯夫人は翠鳳の背後にちらりと視線を向けてから笑みを広げる。

「皇后さまもご挨拶にいらっしゃったのですね。きっと皇太后さまはお喜びになりますわ。南麗の公主をお迎えするのは前代未聞のことだと案じておられましたから」

「そ、そう」

とたんに緊張してくる。

皇太后の人となりを知らないことが不安を生む。

「……確かに南麗と通婚を結ぶのは初のことだ。しかし、翠鳳は和平のために嫁いできた。案じることなど、ありはしない」

永昊が眉を寄せて言う。

慶全侯夫人があわてて頭を下げた。

「もちろんですわ。陛下のおっしゃるとおりです。ご立派なことですわ」

そこに女が馬を引いてきた。女は腰に剣を吊るした勇ましい格好だ。

「夫人」

「長話はいけませんわね。帰りましょう」

慶全侯夫人は誰の手も借りず、颯爽と馬に乗る。

翠鳳は目を丸くした。

「では、お先に失礼いたします」

翠鳳に向ける笑みは得意げで、口に出さなくとも彼女の底意を感じる。

馬に乗れぬ皇后など話にならないと言われているようだ。

控えていた若い僧に善祥が声をかける。僧はいったん宿房に入ってから出てきた。

彼は翠鳳たちの前に立ち、手を合わせた。僧への敬意を示すべく永昊と翠鳳も手を合わせる。僧が恭しく口を開いた。

「おそれながら申し上げます。皇太后さまは写経中ゆえ、お待ちいただくようにとの仰せです」

「では、ここでお待ち申し上げると伝えてくれ」

永昊の返事に僧はうなずき、再び手を合わせてから宿房の中に戻る。

束の間、沈黙が落ちる。風はまだ冷たく、ここでずっと待っていたら、感冒でもひいてしまいそうだ。

翠鳳は永昊を見上げて遠慮がちにたずねる。

「……来訪する旨をお伝えしていなかったのですか？」

「いや、伝えていたぞ」

「まあ……」

翠鳳は二の句が継げなかった。

慶全侯夫人が去ってまもなくの訪問だ。ふつうなら、そのまま迎えればいい話だ。しかも、体調不良ならともかく、写経である。正直、後回しにしてもよいように思う。

（それに、相手は皇帝なのよ）

皇太后は皇帝を従えられる存在とはいっても、顔を立ててやるくらいはするものだ。

「いつもこんなものだ」

永昊はなんでもなさそうに言い放ってから、翠鳳に苦笑いを向けてくる。

「先に帰ってもいいぞ」

「と、とんでもない。わたくしもお待ち申し上げますわ」

そもそも、今回の来訪は翠鳳の紹介をするためだ。本来の目的を達することなく帰るなどありえないことだった。

翠鳳は遠慮がちに口を開いた。

「いつもということですが、どれくらい待たれるのですか？」

「一番待ったときは、朝到着したあと日が暮れてから入れてもらったな」

永昊は腕を組み、遠い目をした。

翠鳳は啞然として永昊の横顔を見つめる。

「……頻繁にあることなのでしょうか？」

「いや、それは皇太后さまの機嫌が最悪のときで……。ふだんだったら、半日くらいで入れてもらえるぞ」

「半日ですか」

やはり皇太后の対応は薄情としか表現できない。

「陛下、もう押し入ったほうがいいんじゃないですかね」

永昊の斜め後ろに立つ侍衛が頭の後ろに手を当てて言う。

二十歳(はたち)をいくつか過ぎたくらいの青年で、眦(めじり)が垂れた目元には女受けするような色気があるものの、本人は飄々(ひょうひょう)とした空気を常にまとっている。短上衣と裾を縛った褲を着用し、明光鎧(めいこうがい)を身に着けている彼は、名を幽陵雲(ゆうりょううん)といい、浄身(じょうしん)した身、つまり宦官である。

南麗では、宦官といえば宮中で雑用をすることが多いものだが、北宣では兵や官人としても取り立てられる。去勢した馬に乗るのが常である北族にとって、浄身した人間を適材適所に配置するのは当たり前のことなのだという。

「馬鹿言わないのよ、陵雲。そんなことをしたら、皇太后さまが何をしでかすかわからないんだから」

翠鳳の背後に立つ善祥が横目で陵雲を睨んでいる。

「でも、埒(らち)が明かないっしょ」

「仕方ないでしょ。皇太后さまの気が済むまで待つしかないんだから」

「退屈っすよねぇ」

陵雲が大あくびをする。

ふたりの様子からすると、やはりこの状態は珍しいことではないのだろう。

「……あの、皇太后さまと喧嘩でもなさったのですか?」

勇気を出して質問すると、永昊は顎を撫でつつ答える。

「喧嘩か……。まあ、したことになるのかな。皇太后さまの兄貴を処刑したわけだしな」

のんびりした口調に翠鳳は目を丸くした。

「しょ、処刑?」

「仕方ないことなんですよ。幽宰相(さいしょう)は汚職をしていたんですから」

善祥があわててとりなし、陵雲が補足する。

「調子に乗りすぎたのがいけないんすよ。おまけに皇太后さまの庇護があるからって隙(すき)だらけだったしなぁ」

翠鳳は三人を見比べて、首を傾げた。

「あの、説明をしていただけるかしら。わたくし、北宣の今の情況をよくわかっていなくて」

北宣は紀氏が遊牧諸族を武力で制圧し、あるいは平和裏に併合して成立した国だ。

紀氏は、南人が紀炎と呼んでいた部族だった。彼らは南人と付き合うにあたって、一字姓が多い南人をまねて、紀を姓として名乗るようになった。

紀氏が統一した部族は八部族あり、そのすべてが紀氏と同じように一字の姓を名乗っている。

穆、幽、段、宇、安、史、霊、閃の八姓を建国八姓と称し、北宣では文武官として取り立てられたり、妃嬪の中でも高位を得るためには、建国八姓の者でなければならないと定められていた。

昨日、翠鳳に迫った人々はほぼすべてが建国八姓に属すし、ここにいる善祥は段氏、陵雲は幽氏だ。

「……皇太后さまは俺の実母ではない。それはわかるな？」

「はい」

「俺を生んだ母上は、俺が立太子された日に死を賜った」

永昊がぽつりとつぶやいた言葉に、胸がずきりと痛む。

昨日聞いた、〝死んでもかまわない女〟が永昊の母だったのだ。

「母上は、皇太后さまが連れてきた侍女だった。俺は母上の膝下で育ったが、後見となったのは皇太后さまだ」

翠鳳は小さくうなずいた。皇太后は建国八姓に属する幽氏の女。おそらくは幽氏の中でも家格が上のほうなのだろう。だから、先帝は彼女を皇后にしたわけで、正妻たる皇后が皇太后になるのは南麗でも当然のことである。

「俺が立太子されたのは、十歳のときだ。十三で先帝が崩御し、親政を開始できる十六まで皇太后さまと皇太后さまの兄である幽宰相が俺を後見した——というのはきれいごとで、ふたりは俺を補佐するという名目で好き勝手していたわけだ」

永昊は皮肉げに言って肩をすくめる。

「幽宰相が調子に乗って、汚職は死刑なんて律を定めるからいけないんすよ。巡り巡って自分の首を絞めることになったわけだから」

陵雲がしたり顔でうなずいている。

「……でも、幽宰相が汚職に対して厳しく取り締まろうとなさったのは、政を正すためでは？」

翠鳳が遠慮がちに意見を述べると、三人が一斉に首を横に振った。

「政敵を葬るためっすよ」

「当時の門下省を牛耳っていた宇尚書と熾烈な権力争いをしていたものね。結局、宇尚書を葬るために定めた律だったわけで」

「その律を俺が使ったわけだな」

こんどは三人が一斉にうなずいている。

翠鳳は考えをまとめるべく口に出した。

「つまり、幽宰相は墓穴を掘ったというわけですわね。律を制定して政敵を倒したけれど、こんどはその律を根拠に陛下に死罪にされたということでしょうか？」

「そういうことっすよねぇ。親政を開始したと思いきや、電光石火で幽宰相の首を刎ねとばした陛下の辣腕ぶりには惚れ惚れするっすよぉ」

陵雲が身をくねらせながらお世辞を言う。善祥が冷たい目になった。

「惚れ惚れするとかしないとか、そういう問題じゃないでしょ。幽宰相を放置していたら、早晩、陛下が危うかったわよ」

「まあ、宇氏が幽氏に操られる皇帝なぞ要らんってめちゃくちゃいきり立ってましたしね。北族って本当に血の気が多いんだから、困っちゃうっすよねぇ」

自身も北族だというのに、陵雲は両手を頭の後ろに当てて他人事のように言い放つ。

翠鳳は困惑を押し殺しながら永昊を見上げた。

「皇太后さまがご納得なさるはずがありませんわよね」

兄を処罰されるだけでなく、幽氏の権力を削られるわけだから、反対したはずだ。

「命乞いに来られたが、拒否した。それで、皇太后さまは大願寺に引きこもられたわけだな」

永昊は嘆息しつつ言う。やはり、皇太后は兄の処刑に恨みを抱いているのだろう。だから、あからさまに嫌がらせをしているわけだ。

翠鳳は頭を垂れて考える。

(わたくしはどうすればよいかしら)

北宣の皇后となったからには、皇太后に仕えるのは当然の役目である。

(……おふたりの仲を取り持つことができるかしら)

皇帝と皇太后が不仲だというのはよろしくない。皇帝は皇太后に孝養を尽くし、皇帝をも従えられる皇太后はその権威を皇帝を助けるために使う。それは政権を安定させるために必要なことだと南麗では考えられていた。

(おそらく北宣でも同じだもの。だとしたら、わたくしが仲立ちできれば……)

翠鳳は南麗との仲を取り持つ力がない。一番力をふるわねばならないことで手助けできない。

だとしたら、北宣のために何かしらできることを見つけるべきだ。そうでなければ、永昊にとって翠鳳を娶った意味がない。

「退屈な話だっただろう」

　永昊がいたわるように肩を抱いてくる。翠鳳は目をぱちくりさせてから首を左右に振った。

「とんでもない。すべて、わたくしが知っておかねばならないことです」

　それから表情を引き締める。

「教えていただき、ありがとうございました。皇太后さまにしっかりとお仕えするよう尽力いたします」

　真顔で返事をすると、永昊が眉尻を下げた。

「無理をしなくていいんだぞ」

「いえ、無理しなければならないときは、無理をいたします。わたくしにとって必要な努力ですから」

　翠鳳の返事に永昊がますます困った顔をしたときだった。

　宮から僧が走り出てきた。彼は手を合わせてから恭しく言上する。

「皇太后さまがお会いになるそうです。おふたりでお入りくださいとのことですが」

　陵雲が不服げに鼻を鳴らしているが、永昊はきれいさっぱり無視した。

「わかった。案内してくれ」

「かしこまりました」

僧が先に立ち、翠鳳たちを先導する。

宿房の中に入れば、そこは後宮内にある宮殿のように居心地よく整えられていた。

高価な調度として人気の漆絵屏風には、四季折々の牧民の生活が描かれている。花台には梅を生けた三彩の花瓶が飾られ、棚には骨董らしき青銅の爵や鼎が鎮座していて、ここで過ごしていれば寺院の中にいることを忘れるだろう。侍女たちがそこかしこに控えているさまも、まさに後宮と同じだ。

案内された部屋に入ると、むせかえるような香の香りと熱気が押し寄せてきた。火鉢の炭火で温められた白檀香をふくんだ空気は濃密で、思わず息を止めてしまう。

おそらくは居間なのだろうが、卓と椅子が用意され、美しい女が座っていた。

年は三十をいくつか過ぎたくらいか。金に近い色の髪を結い、宝玉をちりばめた黄金の歩揺冠をかぶっている。交領の衫と裙を着て蔽膝を着用しており、ちらりと見える手首には黄金の腕輪を着けているようだ。

だが一番印象深いのは赤い色の瞳と、こちらに向ける視線の冷たさだった。

一目で歓迎されていないとわかるのに、永昊はかけらも気にした様子がない。すたすたと目の前まで歩いていくと、両膝をついて叩頭の礼をする。翠鳳も彼の傍らでまねをした。

「皇太后さまに拝謁いたします」

永昊が凛とした声で挨拶をする。しかし、皇太后は一向に応じる様子がない。

翠鳳は床に額をつけたまま、彼女が許してくれるのを待つ。目下の者は目上の者が了承するまで礼を続けなければならない。この姿勢を保つのも、礼を尽くしているという表現である。

「楽におし」

皇太后がようやく口を開いた。

「ふたりに席を用意しておあげ」

皇太后の命令を聞き、控えていた宦官たちが腰かけを運んでくる。それに座ってから、永昊はにこやかに話しかける。

「皇太后さまのご機嫌麗しく、安心しました」

翠鳳はぎょっとして彼をチラ見する。

(嫌味かしら、本音かしら……)

あまりにも堂々としているものだから、よくわからない。

「機嫌がよいのは、そなたのほうであろう」

皇太后は鼻で嗤いながら翠鳳を見つめる。そのまなざしは厳しく、また値踏みするかのようで、翠鳳はうつむきそうになるのを懸命にこらえる。

(……わたくしの頰に値段でも書いてあるのかしら)

昨日の宴のときもそうだった。建国八姓に属する朝臣たちとその夫人たちは、翠鳳をまじまじと見てきた。

（戦利品だもの。仕方がないわ）

南麗の皇子が仕かけた先の戦は、小競り合いといえど確かに血が流れたはずだ。

誰かの命の代償として翠鳳は嫁いできた。ならば、その価値が十全にあるかどうか知りたいと望むのは、当然のことだ。

（だからこそ、わたくしは北宣の役に立たねばならないのよ）

そうしなければ、己の価値は地に落ちる。居場所がこの世のどこにもなくなってしまう。

「ともあれ、皇帝も宿願を果たしたならば気が済んだであろう。後宮が空き家だらけでは心もとない。妾（わらわ）のもとにも建国八姓の女たちの売り込みが盛んにある。北族の女にも情けをかける気はないかえ？」

皇太后が上目遣いで問うてくる。

翠鳳は永昊にそっと視線を送った。皇太后の発言はもっともだ。

「妻は翠鳳ひとりで十分です。もともと、北族は一夫一妻が基本です。俺は北族の祖法を守りたいと考えております」

永昊が間髪（かんはつ）を容（い）れず言い放ち、翠鳳は唖然とした。

天地がひっくり返ったような驚きを覚える。南麗ではありえない考え方だ。

皇太后が当然のように眉を吊り上げた。

「後宮に皇后だけでよいと思っているのかえ？　北宣には代々引き継いできた子貴母死の制がある。まさか皇后に死を賜るつもりではなかろうな」

皇太后の詰問に、翠鳳は身を縮める思いで膝に視線を落とす。

（……そうよ、子貴母死も祖法だわ）

北宣のきまりであるならば従わねばならない。どのみち、寿命が延びて感謝しなければならない状況だ。そう覚悟しようとするのに、手足の先が冷えていくような心地がする。

「皇后は和平のために嫁いできました。皇后に死を賜るということは、南麗に宣戦するということです。俺はそんなことをするつもりはありません」

永昊はためらうことなく断言し、翠鳳は頭をもたげた。

彼は翠鳳を安心させるように微笑みを向けてくれる。戸惑いがある。けれども、彼の太陽のような笑顔を向けられるとき、異国に暮らす孤独が確かにやわらぐ気がするのだ。

皇太后が硬い声音で異を唱える。

「……子貴母死は政を安定させるための北宣のきまりじゃ」

「皇后との婚姻には、南麗との関係が絡みます。我が国のきまりだけを押しつけるわけにはまいりません」

永昊が皇太后にまっこうから反論する。

皇太后が眉をひそめ、沈黙が場を支配する。

そのとき、場をとりなすように侍女が静々と入室し、皇太后の卓の上に茶の入った碗を置く。永昊たちにも小卓と碗の用意がされた。

皇太后は茶を飲んでから、深い息をついた。

「……そなたは妾の言うことにまったく耳を傾けんのう」

「拝聴したほうがよいと判断した意見は、聞き入れているつもりです」

神妙に答える永昊は、喧嘩を売っているような言い方で応じる。

（……よくない状況だわ）

互いに抜き身の刃を向け合っているようだ。いや、北族だから、言葉という矢を射かけ合っていると表現したほうが適切か。

緊張のために喉がからからになり、翠鳳は碗を手にした。

発酵して固めた茶葉を煮だした茶だろう。独特の香りと味がある。

「皇后は南麗が恋しいのではないかえ？」

いきなり鏃を向けられ、翠鳳は碗を卓に戻した。

「恋しいですか？」

「気候だけでなく、食べものも言葉も違う。南麗に帰りたいであろう」

確かに泰安は康京よりも乾燥している。康京は空気に湿気がたっぷりと含まれていたが、泰安は常にからりとした風が吹いている。また、南麗では、食事も蒸した米や煮豚に蒸し魚などが好まれていたが、北宣では小麦の餅と羊の肉や乳を固めた乳酪を食すことが多い。特に翠鳳は乳を使った料理があまり得意ではないので、なんとか克服せねばと考えているところだ。

「いいえ、帰りたいと考えたことはありません。北宣に一刻も早く慣れたいと奮闘しております」

翠鳳が正直に答えると、永昊がぷっと噴き出した。

（へ、変なことを言ったかしら……）

奮闘だとかよけいなことを言う必要はなかったかもしれない。

急速に耳が熱くなっていく。皇太后は、あきれたように、また、しみじみとつぶやく。

「そなたおかしな娘じゃな」

「す、すみません」

肩をすくめれば、皇后が猫なで声で言う。

「……皇后は実に愛らしいのう。紀氏の祖である天女とはそなたのような姿であったであろう」

急な話題の転換に、目をぱちくりさせて永昊を見上げれば、彼はすかさず説明してくれる。

「紀炎の部族は昔、部族内で戦に明け暮れていた。族長を名乗る者が大勢あらわれて、誰が紀炎の主導権を握るかで争っていた。そのときに、翼善と名乗る若者が戦に勝ち続けて紀炎をまとめあげた。その翼善は、天女の息子だという伝説があるんだ。天女は皇后のように黒い髪と黒い瞳を有していたと伝わっている」

「翼善の子孫こそが紀炎の皇族じゃからのう。そなたは先祖返りでもしたようじゃ」

皇太后はそう言って笑うが、笑い声はどことなく蔑みを含んでいる。

翠鳳は緊張しながらも微笑を浮かべ、皇太后に頭を下げた。

「わたくしは、天女とはほど遠い娘ですが、北宣に嫁いできたからには役に立てるように努めます」

緊張しながら頭を垂れると、皇太后が声を出して笑いだした。

「なんとも殊勝な娘ではないか。ならば妾のもとに通うがよい。妾が直々に教育してやろう」

あまりにも予想外の話で、翠鳳は驚いて永昊と顔を見合わせた。

永昊が即座に待ったをかける。

「皇太后さま、翠鳳はまだ北宣に慣れておりません」

「何を馬鹿を申しておるのじゃ。ならば、妾のもとで慣れればよいではないか」

皇太后が笑いを含んだ声音で一蹴する。

永昊が厳しい表情になった。

「皇后の教育でしたら、皇宮でおこないます。皇太后さまにお気遣いをいただく必要はありません」

「妾は皇后であった。皇后としての教育ならば、妾がしたほうがよかろう」

「皇太后さまは先帝の法要にお忙しいご様子。お手をわずらわせるのは申し訳ない。翠鳳のことなら、こちらで手はずを整えます」

翠鳳はハラハラしつつふたりのやりとりを見守る。

（わたくしのせいで、ますますこじれてしまうわ）

まったく本意ではない。翠鳳はあわてて口を挟んだ。

「わたくし、皇太后さまに教えを賜りたく存じます」

永昊が目を丸くする。

「翠鳳、無理をしなくていいんだぞ」

「な、何をおっしゃるんですか？　無理などしておりません！」

翠鳳はあわてて永昊をたしなめた。渋々訪問するのだと誤解されては困る。

「皇太后さまのおっしゃるとおりですわ。わたくしは北宣をよく知りません。皇太后さまの経験を伝えていただくのは、とてもありがたいことです」

かつては皇后という地位にあった皇太后ならば、翠鳳の師として誰よりもふさわしいはずだ。

翠鳳の返答を聞いても、永昊はまだ浮かない表情だ。

「しかし――」

「皇太后さま、修行の邪魔をして申し訳ありませんが、どうぞよろしくお願いします」

永昊の機先を制するように頭を下げると、皇太后は口角を持ち上げて満足そうな笑みを浮かべる。

「よかろう。妾が手とり足とり教えてやるぞえ」

「ありがとうございます」

永昊は心配そうにしているが、翠鳳は彼のまなざしを笑顔で制する。

しばらく世間話をしてから、辞去した。

宿坊の外に出ると、永昊に肩を押さえられる。

「翠鳳、どうして承諾したんだ」

「……わたくしは北宣に無知ですもの。皇太后さまがおっしゃるとおり、教えを受ける必要がありますわ」

翠鳳の返事に、永昊は困ったように眉尻を下げる。

「皇太后さまが親切心で言ったと思っているのか?」

「そ、それは……」

翠鳳は口ごもる。永昊は息をついてからつぶやいた。

「……俺は行かせたくないんだが」

苦々しい口調に心が揺れる。

しかし、そばに控える善祥を目にして、翠鳳は決意を固める。

「大丈夫ですわ。善祥も連れていきますもの。でしたら陛下も安心でしょう?」

永昊は翠鳳と善祥を見比べてから、また盛大にため息をついた。

「ならばいい。気をつけるんだぞ」

「ありがとうございます」

翠鳳は頭を下げた。

(皇后として、できるだけのことをしなくては)

南人であるというだけで、ここでは冷ややかな目で見られる。それを少しでもやわらげるためには、誠意と努力を示す必要がある。

「長話だったっすね。もう帰りましょうよぉ」

軒車からはずして自由にしていた馬を引いてきながら凌雲が言う。

寝ぼけたような声で、顔も締まりがない。つられて、翠鳳の緊張もほどけるようだ。

「軒車の中で寝てたんですよ、あいつ。侍衛として失格です」

善祥は腰に手を当て、あきれたようにこきおろす。

陵雲は善祥の皮肉をまったく相手にせず、軒車を曳(ひ)く位置に馬をつかせた。

つぶらな目の栗毛馬を眺め、翠鳳はこの機とばかりに頼み込む。

「陛下、わたくし、馬に乗ってみたいです。よろしいですか？」

皇后たるもの馬に乗れて当たり前。北宣の女のたしなみでもある。

いつまでも馬に乗れなければ、慶全侯夫人をはじめとした北族の女性たちは——おそらく皇太后も含まれる——翠鳳を皇后として認めないだろう。

翠鳳の意気込みに対し、永昊が苦笑を浮かべる。

「今か？」

「いえ、今ではなく、練習してからでよいのですが……」

翠鳳が遠慮がちに応えると、永昊が翠鳳の手を両手でくるんできた。

「翠鳳、無理をしなくていい。馬に乗れなくたって、おまえが俺の皇后であることに変わりはない」

その言葉に胸がちくりと痛んだ。安心するどころか不安に苛まれる。

「で、でも……」

「北族の女のようになろうとしなくていい。おまえは南人なんだから」

心臓がつぶされたように胸が苦しくて、翠鳳はうつむいた。

（わかっているわ、そんなこと……）

翠鳳が南人だということは、死ぬまで変わらない。手に入れた価値があるかどうか、一生疑いの目を向けられるかもしれない。

それでも、翠鳳はこの国に居場所をつくりたかった。いや、つくらねばならない。そうでなければ、生きていく場所がなくなってしまう。

「無理をするな。おまえはただひとりの妻だ。失うわけにはいかない。わかったな？」

「……はい」

うなずいたものの、心の奥は乾いた風が吹いているようだった。

永昊に導かれて軒車に乗り込んでからも、自分という存在が押しつぶされるような痛みは消えないままだった。

三章　馬上の決意

数日後、翠鳳は朝から善祥を連れて大願寺に向かい、皇太后の教育を受けることになった。

大願寺に到着しても、やはりすぐには入れてもらえず、宿坊の入り口で待たされる羽目になる。

昼になって入室したあとに命じられたのは、写経である。

終わりがわからないほど長い巻子の経典をひたすらに書き写していると、皇太后が微笑みながら命じてきた。

「皇后よ。妾のために茶を淹れよ」

「かしこまりました」

侍女に案内されて宿坊内にある厨房へ向かう。さすがは皇太后が居住しているだけあって、食事は僧侶と同じではなく独自に用意しているらしい。

石のように固められた茶葉を短刀で少しずつ削ぎ、茶葉を煮だす。

煮だした茶は赤褐色で、手であおいで香りを嗅げば、龍眼や棗に似た甘い香りがして、上質なものだとわかる。牧民はこれに羊や山羊の乳、少量の塩を混ぜて奶茶として飲み、食事の代わりにするという。

陶器の碗に茶を淹れ、翠鳳は盆にのせて皇太后のもとに運ぶ。

写経をしている皇太后のそばに茶を置いたとき、皇太后が翠鳳に命じた。

「整理をするから、持っておくように」

命令に従って、碗を手にする。熱々の茶だから、陶器の器も即座に手放したくなるような熱さだ。

しかし、盆は侍女が片づけてしまったし、皇太后はのろのろと手を動かしていて、いっこうに碗を置かせてもらえない。

（熱い……）

指先が針で刺されたように痛い。熱さが痛覚を刺激して、放りだしたいのを必死にこらえる。

指が熱くて痛いから、身体まで小刻みに震えだす。

皇太后は翠鳳をチラリと見てから、口角を持ち上げてやさしげに微笑んだ。

「置いてよいぞ」

許しを得たとたん、碗を卓に置く。できるだけそっと置くようにしたが、指先がチリチリと痛く、力が入らなかったので、想像以上に大きな音が響いた。

「ずいぶんと乱暴じゃのう。そなた、南人であろう。南人は孝養を尽くし、ことこまかに気を遣うと聞いたが、そなたはずいぶんと違うのじゃな」

皇太后の皮肉に、翠鳳は息を呑んで謝罪した。

「……申し訳ございません」

「皇后ならば、北宣の女の手本にならねばならぬ。そなたの振る舞いをみな見ておるぞ」

「皇太后さまの教えに感謝いたします」

翠鳳は立礼をする。

「では、そなたも写経を続けよ。先帝のためにも孝養を尽くせ」

「承知いたしました」

翠鳳は用意された席に戻り、写経の続きをする。飲まず食わずで写経をし続け、解放されたのは宵のころだった。


そんな日々が続いたある日。

翠鳳が大願寺に赴くと、僧たちが庭に箱状のものを出しているのを見かけた。疑問を抱いて、彼らに近づく。

「それは厨子かしら」

「皇太后さまが愛用されておられた厨子です」

返事に首を傾げる。

「どうして外に運びだしているの?」

「蝶番が錆びて動かなくなってしまったために、捨ててしまえと命じられまして」

「見せてちょうだい」

翠鳳は厨子を観察した。飴色で年季が入っている厨子である。蝶番は確かに錆びていたが、修理をすれば使えないことはない。

「蝶番を交換すれば使えるのでしょう？　わたくしが取り換えるわ。換えの部品はないかしら。道具も一式お願い」

「皇后さまがですか？」

僧たちが驚いた顔をする。

「一時期、工作が趣味だったの。だから、わたくしでよければ修理をするわ」

「も、持ってまいります」

僧のひとりが半信半疑という顔で去っていく。

善祥が面食らったような顔で質問してきた。

「皇后さま、大丈夫ですか？」

「見ていてちょうだい。わたくし、けっこう得意だったのよ」

在りし日、母に咎められたから、封印するしかなかった趣味だったけれど。

用意された道具を手に修理をはじめる。さっさと蝶番を換えて扉をとりつけ、ささくれにやすりをかけた。

「漆を塗り直すのもいいわね。とりあえず、この状態で見ていただきましょう」

愛用していたというなら、皇太后は大切にしていたに違いない。また使えるようになれば、きっと喜んでもらえるだろう。

　僧に持たせて、僧坊に入る。皇太后がいる部屋に足を踏み入れてから、腰を落とす北族式の礼をした。

「皇太后さまに拝謁いたします」

　翠鳳の礼を無視して、皇太后は写経を続けている。

　僧のほうが顔色をなくして口添えした。

「こ、皇太后さま。皇后さまが、ご愛用の厨子を修理してくださいました」

「なんじゃと」

　皇太后の声が尖り、筆を叩きつけるように卓に置く。

「その厨子、壊しておしまい！」

　僧があわててひざまずいた。

「皇太后さま、これは皇后さまが手ずから修理をされた厨子で――」

「だからじゃ。皇后が職人まがいのことをするとは嘆かわしい。得意顔で持ってきて、妾に取り入るつもりだったのであろう」

　鼻で嗤われ、血の気が引く。

「ち、違います。わたくしは、ただ、その……」

「南麗から輿入れしてきた公主が、かような卑しいまねをするとはのう。南人は計算高いというが本当じゃ」

悪しざまに罵られ、翠鳳は首を左右に振った。

「皇太后さま、誤解です」

「誤解……。妾が悪いというつもりかえ?」

憎々しげに睨まれ、翠鳳は下を向く。

「そういう意味ではございません……」

「己の失態をよくも他人のせいにできるものじゃのう。南麗の公主は、よほど甘やかされて育てられたようじゃな」

翠鳳は唇を噛んだ。

(わたくしは……浮かれていたのだわ……)

誰にも制止されないのをいいことに、よけいな手出しをしてしまった。

しかし、翠鳳が責められるのはいいが、厨子には罪はない。

「皇太后さま、申し訳ございません。わたくしが浅慮でございました。ですが、その厨子を壊すのはもったいのうございます」

翠鳳の言葉を聞き、皇太后は卓を力いっぱい叩いた。

「早く、打ち壊しておしまい!」

僧が皇太后と翠鳳を見比べる。

「そなた、僧であるなら執着を捨てよ。物など惜しまずともよいわ！」

皇太后の叱責を聞き、僧が決意を固めたように立ちあがる。

頭の上に厨子を持ち上げ、それから床に叩きつけた。

つけかえた蝶番はもろくもはずれ、はずれた扉が部屋の端に飛ぶ。本体の角はけずれていた。

翠鳳は声もなく厨子を見つめる。耳の奥に母の金切り声が響いた。

『つまらないものをこしらえるのは、やめろと言ったでしょう!!』

そのとき、翠鳳がつくったのは、帆船の模型だった。

父である順王が書いた設計図を見て、興味がわいたのだ。

順王は機械をつくるのが得意だった。床弩や衝車といった攻城兵器だけでなく、揚水車や織機の設計図を書にまとめ、また実際に製作していた。

翠鳳もそんな父をまねして、木槌や鋸を使って工作することを好んでいた。

しかし、母はそんな翠鳳の行動を毛嫌いし、父のいない隙をついて、船の模型を力まかせに床に叩きつけたのだ。

砕けた船に衝撃を受けて、翠鳳は立ち尽くした。母は翠鳳の手首をつぶすように握って言い聞かせた。

『そんなことをしても何になるの!?　おまえは行く末、四大貴族の公子に嫁ぐ身よ。夫を楽しませることを学びなさい。こんなつまらないものをつくる時間などないのよ。おまえの仕事は、美しく着飾り、いつも穏やかに微笑んで、夫君を満足させることよ！』

母の叱責を聞き、翠鳳は二度と父のまねをしないと誓った。

翠鳳が習ったのは、貴族であれば当然身に着けるべきたしなみである琴棋書画だ。いずれは夫になる男の無聊を慰め、翠鳳への興味を失わせないようにするための教養だった。

（また、壊されてしまった……）

皇族の娘として、皇后としてふさわしくない行動をしたから、壊されたのだ。

自分のせいだと思っても、胸の奥が皮膚をはがされたようにずきずきと痛む。

「皇后よ。己の間違いを悟ったかえ？」

皇太后に問われ、翠鳳は床に伏して叩頭礼をする。

「皇太后さまの教えに感謝いたします」

「一時辰ばかり、そのまま反省するがいい」

命じられて、翠鳳は体勢を保ち続ける。

翠鳳が解放されたのは、陽がすっかり落ちてからだった。


三日後。

皇太后を訪問する日だったのに、翠鳳は永昊に休むように命じられた。

午餐(ごさん)を永昊と共に摂(と)ったあと、永昊が翠鳳に見せたのは風箏(ふうそう)（凧(たこ)）だった。鷲(わし)の形をした風箏は、裂いた竹——竹条——を骨格に使っているが、その一本がポッキリと折れている。

「これは？」

「泰安(たいあん)を微行(びこう)したときに、子どもからもらったんだ。でも、壊れてしまってな。善祥に聞いたが、翠鳳はものづくりが得意なんだろう？　修理をしてもらえないかと思ってな」

翠鳳の息が喉の奥で詰まる。あれほど皇太后に叱責されて、手を出そうとは思えない。

「……できません。皇太后さまに教訓をいただきましたもの。皇后がすることではないと」

「じゃあ、俺に教えてくれないか。どうやって修理するのかを」

永昊の頼みを聞き、翠鳳は束(つか)の間(ま)迷う。

（してはいけないことなのに……）

だが、彼の邪気のない顔を見ていると、永昊の意図をおぼろげに察する。

（励まそうとしてくださっているのだわ）

善祥が皇太后の振る舞いを話したと言っていたから、今日、翠鳳を休ませて好きなことをさせようとしてくれているのだろう。

「……かしこまりました。陛下にお教えいたします」

「助かる。次に会ったときはこの風箏で遊んでやらないといけないんだ」

まじめな顔と声音である。永昊のことだから、本気で遊んでやりそうだ。

侍女たちに道具を用意してもらう間、善祥が竹を探してきてくれた。それを細く割いて竹条を用意する。

風箏の紙にくっついていた古い竹条を慎重にはずしたあと、永昊に新しい竹条を手渡して小炉の火で炙るように頼んだ。

「これを炙ってどうするんだ？」

「炙ってやわらかくして曲げていくんです」

翠鳳が手本を見せたあと、永昊は慎重に竹条を曲げていく。

「……折れそうだな」

「弾性を利用して曲げてください。力まかせになさるのではなく」

「わ、わかった」

永昊の真剣な顔に、翠鳳は微笑ましくなる。

「陛下は風箏をつくったことはございませんか？」

「弓をつくったことはあるが、風箏はないな」

「弓をおつくりになるのですか？」

「ああ。戦場で修理が必要なときもあるだろう」

「戦場？」

翠鳳は首を傾げる。

「北族は皇帝といえども戦場に出ないといけない。兵を率いて前線に向かうことを求められる。北族は強い奴こそ人の上に立つ資格があると考えるからな。俺も立太子されてから何度も戦場に出た」

「……そ、そうですか」

信じられない思いで、竹条を結び合わせる糸を測って断ち切る。

皇帝が前線に赴くなんて、南麗ではけっして考えられないことだ。

「だから、俺はこれからも戦に出る。そうでなければ、この国では皇帝と呼ばれない」

「わ、わたくしもお供いたします」

北族の后妃は軍を率いて皇帝を守ることもあるという。ならば、翠鳳だって馬に乗り、戦場に同行しなければならない。

「翠鳳はついてこなくていい」

「南人だからですか？」

「大事だからだ。俺のただひとりの妻を危ない目に遭わせたくない」

「でも……」

「曲げたあとはどうすればいい？」

永昊は急に話題を変えてしまう。どうやら、翠鳳を戦場に行かせるという選択肢は絶対にないようだ。

「では、竹条を組み立てましょう」

竹条に切れ目を入れ、ほぞ継ぎの構造にして糸でしっかりと結ぶ。

永昊は竹条同士を器用に結び合わせる。弓をつくったことがあるというのは本当だろうというくらいに慣れている。

「翠鳳はこういうのをつくるのが好きなのか？」

「はい、小さいころから好きでした。軒車の模型をこしらえたり、もちろん、風箏もつくったり。走馬灯なんかもつくれるんですよ」

「手先が器用なんだな」

骨組みを完成させてから、糊で紙を貼りつけていく。

「……変でしょう。皇太后さまに叱られましたし、もうしませんわ」

「皇太后さまのことは気にするな。翠鳳に文句をつけたいだけだ」

「でも、皇后らしくないと……」

「北族の皇后の中には、軍を率いて皇帝と戦場を駆けた者もいる。そっちのほうが南麗では変だろう」

永昊は紙を貼りつけた竹条にふうふうと息を吹きかけている。少しでも早く乾かしたいのだろう。

「……確かにそうですが……」

「なんでも好きなことをしたらいい。危険なこと以外でな」

永昊のまなざしが温かく、翠鳳は思わず笑みを返した。

「はい。じゃあ、馬に乗りたい――」

「それはだめだ。危ないからな」

この機にと頼んだことは、あっけなく退けられた。翠鳳はがっかりしてしまう。

「でも、皇后ならば必要なことで……」

「気持ちはわかるが、危ないからだめだ」

永昊はやさしげに微笑みながら、けんもほろろな対応だ。

仕方なく作業を進めることにする。

「では、糸目糸を結びましょう」

風箏全体の均衡をとりながら糸目糸を結んでいく。均衡がとれていないと、風箏が上がっても風に乗れずに落ちてきてしまう。

完成したところで、永昊が立ち上がった。

「では、外で風に飛ばせてみよう。ちゃんと風に乗れるか否か、試す必要があるだろう」

「そうですわね」

翠鳳は彼と共に前庭に出る。

石畳の敷かれた広い庭で、端のほうには青桐や槐が植えられ、木陰をつくっている。

永昊は翠鳳に糸を持たせると、彼自身が庭を駆けて風筝を空に飛ばす。

青空を風筝が舞う姿は、鳥が天を翔るようでもある。

「まるで、本物の鷲みたいですね」

隣に並んだ永昊に声を弾ませる。

「そうだな」

永昊は空を見上げて満足そうだ。

「翠鳳、皇太后さまのところに行かなくていいんだぞ」

永昊に言われて、翠鳳は首を横に振った。甘えてばかりはいられない。

「それはできません。皇太后さまに孝養を尽くすのは、皇后の務めです。わたくしがよけいなことをしたのが悪かったのです」

「しかしだな」

「わたくしが南人だから、警戒されているのかもしれません。信頼を得るには時間がかかりますもの」

「翠鳳……」

風筝を風に乗せながら、翠鳳は答える。

「わたくしには役目が必要なのです。この国にいていいと自分自身が思いたいのです」

そうでなければ、ずっと心が苦しい。

「……わかった」

「馬にも乗りたいのです」

「それはだめだ。危ないからな」

永昊はやはりすげなく断ってくる。

「危なくないように乗りますわ」

「それこそ難しいからだめだ」

永昊は空を見上げて、晴れやかな笑顔だ。

翠鳳は唇を尖らせかけ——素直にそんな表情をできることがほのかにうれしく、風箏をさらに高く飛ばせるべく指にかけていた糸を緩めた。


翌日。陽が昇らぬうちに翠鳳はひとりで外に出た。

あたりはまだなお暗く、東の空だけが白く染まりつつある。

翠鳳は男ものである脇があいた膝丈の上衣と褲を着用し、革の長靴(ちょうか)を履(は)いていた。髪も三つ編みにして後頭部で留める北族の格好をした。

向かうのは馬場(ばば)である。

(許していただけないなら、先に既成事実をつくってしまえばいいのだわ)

馬場は皇宮内の西側にあるのだという。北宣は皇宮内に馬場を設けて、どんなに身分の高い者でも日夜、訓練をしている。

（南麗とは違うわ）

南麗の皇宮に馬場はなかった。湖のそばに広がる康京は周辺に湿地帯があり、そもそも馬を走らせるような場所がない。馬を育てるのは難しく、軍馬は敵国である北宣から輸入するのが主な手段になっている。その北宣が送ってくる馬は、老齢の馬や足が遅い馬が多く、南麗側の怒りを買っていたのだが。

馬場は楕円のつくりをしており、西の端に厩舎がある。

周囲に誰もいないことを確認し、小走りで厩舎に近寄る。窓から中を覗くと、馬がずらりと並んでいた。

（いっぱいいる……）

葦毛、栗毛、青毛、黒鹿毛。尾を振るもの、鼻を鳴らすもの、大音量で放尿するもの。それぞれ好き勝手である。

翠鳳は入り口の閂をやっとのことで引っぱり、扉を開いた。

中に入ると、むっとするような獣臭がまとわりつく。かきわけるようにして馬を眺めていく。

「大きい馬には乗れそうにないわ……」

頭を振られるだけで、怖気づいて肩をすくませてしまう。勇気をふるって歩を進ませ、奥から二番目の馬房で足を止める。

葦毛の馬がいた。体高は背が低い翠鳳と同じくらいで小柄なほうだ。くりっとした目は穏やかそうで、なんとなく安心してしまう。

「あなたにするわね」

まずは馬に乗れるように装備が必要だ。頭絡がいるし、鞍もいる。

(鞍は倉庫にあったはずよ)

厩舎の続きに倉庫があると聞いた。数歩歩きだしたとたん、厩舎に入ってくる善祥と鉢合わせた。

翠鳳は息を止め、その場に立ち尽くす。

善祥があわてて近寄ってきた。

「皇后さま、何をされているんですか？　驚きましたよ、起きたらお姿が見えないものだから」

「ど、どうしてここにいるのがわかったの？」

「陵雲がお見かけして、あとをつけていたんですよ。馬場に入ったところで、報告に戻ってきて……」

善祥が語っているそばから、陵雲がひょっこり扉から顔を出した。先ごろ、陵雲は翠鳳の護衛に配置換えされたのだ。

「皇后さま、ひとりで出ていっちゃダメっすよ」

　翠鳳は肩を落とした。

　こっそりと動いていたつもりが、バレていたとは。

「皇后さま、どうして馬場にこられたんですか？」

　善祥にそっと手をとられ、翠鳳は彼女を見つめた。

「馬に……乗りたくて……」

「そんな意地を張らなくても……。皇后さまが馬に乗れなくても、みな責めたりしません」

「違うわ、みなに責められるからではなくて、わたくしが馬に乗りたいの」

　とっさに口から出た言葉に、翠鳳は頭を殴られた気がした。

（そうよ、わたくしが馬に乗ってみたいの）

『北宣游旅記』を初めて読んだ日のことを思い出す。

　女でも馬に乗って外を闊歩する——その記述がうらやましかった。空を悠々と舞う鳥が頭に浮かんだのだ。

「善祥、わたくし馬に乗ってみたい。馬に乗る北族の女を、指を咥えて見ていたくないの」

　同じように風を浴びてみたいのだ。できもしないと、はなからあきらめるのではなく、馬上の人になってみたい。

「姐(ねえ)さん、こりゃ、皇后さまの願いをかなえるしかないっすよ」

「黙っていなさい、陵雲」

善祥は翠鳳の覚悟を見きわめるように注視してくる。

「陛下は反対されていらっしゃいます。それでも、乗るおつもりですか？」

「乗るわ」

「痛い思いをするかもしれませんよ」

「覚悟の上だわ」

落馬して怪我をするかもしれない。それでも、試してみたい。

「……かしこまりました。皇后さまがそこまでおっしゃるならば、あたしが師になります」

「よろしくお願いします」

翠鳳が拱手(きょうしゅ)をすると、善祥がくすりと笑った。

「では、まずは乗馬の準備からお教えしましょうか。頭絡と鞍の用意の仕方から」

「ええ、お願い。それと、馬は奥にいる葦毛の子がいいわ」

翠鳳が声を弾ませると、善祥がやわらかく微笑んだ。


翌日。翠鳳は朝から馬の準備をしていた。馬銜(はみ)を嚙ませて頭絡をつけ、やわらかい鞍(あん)褥(じょく)を馬の背に敷いてから鞍を取り付ける。鞍は木製で前後が反った形をしており、腹帯で結ぶ。鞍から垂らす左右の鐙（あぶみ）も綱を使って腹の下でくくり、固定する。

「さて、昨日と同じように馬に乗るところからいきましょうか」

「はい」

翠鳳は馬の視界に入るように斜め前に立つ。背後から近づくのは禁じられていた。馬は臆病だから、怖がって蹴られるおそれがあるのだ。

北族が飼い慣らしている馬は、体高は低いが脚は太い。蹴られたら、骨を折るどころか命を落とす可能性がある。

翠鳳は自分を馬に慣らすべく鼻づらをそっと撫でた。毛は意外に硬質で、また温かく、血の通（かよ）った生き物なのだと強く感じさせる。

「いい子ね、白龍（はくりゅう）」

翠鳳は馬を白龍と名づけた。名をつけると、とりわけ愛着を覚える。

撫でているうちに、白龍の目も心なしかやさしくなったような気がした。

「昨日申し上げましたが、馬に乗るときは左側から乗ってください」

「はい」

左足を鐙にかけ、左手で手綱（たづな）と鞍を摑んでまたがろうとするが、なかなか足が上がらない。おまけに白龍が動いてしまい、翠鳳はその場で転んでしまう。

「皇后さま！」

善祥があわてて翠鳳を助け起こしてくれる。

掌を小さくすりむいていたが、服の裾でそっと血を拭った。

「大丈夫よ、善祥」

善祥は浮かない顔をしたあと、気を取り直したようにうなずいた。

「手伝いましょう」

陵雲が白龍を押さえ、善祥が腰を支えてくれて、ようやく鞍の上に座ることができた。

(たいへんだわ……)

馬に乗るまでが一苦労である。

「背中をまっすぐに、内ももで馬体を挟んで締める。両方の足に均等に体重をかけてください。ただし、身体からはよけいな力を抜いて。どうですか?」

「わかっているのだけれど、難しいわ……」

素直に答えたが、善祥は厳しく、翠鳳の弱音をあっさりと退けた。

「難しくてもやってください。では、まずは歩かせてみましょうか。体重を前にかければ進めの合図になります」

善祥の指示どおりにすると、白龍が歩きだす。

白龍の背が上下すれば、翠鳳の身体も上下する。ただ座っているだけでは馬の振動で身体が揺さぶられ、想像以上に消耗してしまう。そのために内ももで馬体をしっかりと挟み、自身の筋力で己の身体を支える必要がある。とはいっても、身体に力が入りすぎると無駄に体力を消耗するから、力の抜き加減が難しい。

引き手綱を陵雲が引き、善祥が徒歩で翠鳳に並んで馬場を一周した。

「どうですか？」

翠鳳は意識して声を弾ませた。

「楽しいわ。馬って本当に温かいわね」

脚に白龍のぬくもりを感じれば、共に歩いているという気になる。

「でも、大丈夫？　長い時間乗って、白龍はつぶれたりしないのかしら」

白龍は大きな馬ではない。翠鳳が重くて、疲れたりはしないのだろうか。

「皇后さまを乗せるくらいどうってことはありません。戦になったら、馬も防具を装備しますし、人間も鎧（よろい）を身につけます。それでも馬は走らないといけないんですから」

「な、なるほど……」

つまり、馬の心配をする必要はないのだろう。主に心配するべきは翠鳳のほうなのだ。

「では、陵雲に引かせるのをやめますね。皇后さまが自力で馬を歩かせてください」

陵雲が離れ、翠鳳はひとりで白龍を進ませる。

白龍はおとなしく翠鳳を乗せてくれているから、安心して腰を落ち着けていられる――と思ったのはごくはじめだけで、騎乗の姿勢のせいか、だんだんと腰がだるく、内ももや背中にも疲労感を覚えるようになった。

「では、ちょっと駆けさせてみましょうか」

「む、無理だわ、善祥」

走る白龍に乗っていられる自信はない。だが、善祥は翠鳳の弱音を聞き流した。

「内ももに力を入れて、馬体を挟む。鐙はしっかり踏みしめてください。もしも無理だと思ったら、馬を止めるときは手綱を引くと同時に上半身を後方に傾け、止めろの合図をしているぞとわかりやすく馬に伝えてください。では、いきますよ」

善祥が白龍の腹を強めに叩くと、小走りしだした。

翠鳳は善祥から教わったとおりの動作をしながら、恐怖で身体がこわばらないように気をつけた。

(上半身は力を抜かなきゃ)

馬の振動を受け止めるのだか逃がすのだかはわからないが、とにかく変に力を入れるとかえって落ちそうな気がするのは事実だった。

三周してから、休憩を許された。

善祥に腰を支えてもらいながら降りたが、地面に足をついたとたんがくっと力が抜ける。脚もだるいし、股の関節もずれたような感触だ。

「……生まれたての羊みたいっすよ」

「皇后さまには筋肉が足りないのよねぇ」

善祥が腕を組んでダメ出しをしてくる。

「筋肉……」

「皇后さまに筋肉なんかあるわけないっしょ。重いもんは箸しか持ったことがないような公主さまっすよ」

「わ、わたくし、箸より重いものを持ったことならあるわ。木槌とか鉋とか鋸とかだって、使っていたのよ」

工作に必要な道具であれば、手にしたことはあるのだ。

「下半身の筋肉には関係ありませんよね」

「……そうね」

善祥の指摘にうなずくしかないが、嘆きの声がつい漏れた。

「わたくし、舞を習ったこともあるのに」

「毎日ですか？」

善祥が勢いよくたずねる。

「……いえ、その……七日に一日くらいかしら」

「じゃあ、筋肉はつきませんね」

ばっさりと断じられ、翠鳳はしょんぼりとしてしまう。

「どうすれば筋肉がつくのかしら」

まじめに悩む。毎日、馬に乗るのがいいのだろうか。

「陛下に乗っていただくと鍛えられそうですけどね。仕方ありません。すぐには筋肉はつきませんから、日々の鍛錬が肝要です」

「は、はい……」

なんだかとんでもないことを言われた気がするが、確かに日々の鍛錬は必須のようだ。

「がんばるわ」

白龍の鼻づらを撫でる。尻尾をのんびり振る白龍と異なり、翠鳳の心は焦るばかりであった。


大願寺には四日おきに足を運び、合間はほぼすべて馬場に通うようになって十日を過ぎたころであった。

ひととおり馬に乗れるようになったあと、翠鳳は騎乗しながら弓を扱う訓練にいそしんでいた。

白龍にまたがったまま、手綱は握らず弓矢を操る。

左手に弓を持ち、右手で矢をつがえて的へと放つ。白龍を歩かせながら馬場の外周に置かれている的に矢を当てなければいけないのだが、そもそも的に矢が届かない。

ポトポトと地面に落ちる矢に、むなしさが込み上げずにはいられなかった。

「……善祥。わたくし、全然だめだわ……」

「大丈夫です。両手を離して馬に乗れるようになっただけ、マシです！」

善祥は翠鳳の横に立ち、手を叩いて褒めてくれる。

「そう？」

「そうですよ。馬に乗るだけで落ちそうな顔をしていたころと比べたら、はるかに成長していらっしゃいます」

「ありがとう、善祥……」

翠鳳はまばたきを増やした。なんだか本当に泣けてくる。

弓は力のない翠鳳にも扱いやすい短弓なのだが、いかんせん、まったく的に当たらない——どころか的に届かない。

陵雲がそこかしこに落ちた矢を拾い集めながらぼやく。

「別に皇后さまが騎射に習熟しなくたってよさそうなもんですけどね」

善祥が眉を吊り上げた。

「何を言っているのよ。秋になったら七星囲場で狩りをするでしょう。騎射に通じていたら、あわよくば参加できるかもしれないじゃない」

七星囲場は泰安の北西にある森と草原が続く北宣皇室の狩り場である。そこで有力臣下と狩りをするのが慣例になっているが、これは娯楽と軍事訓練を兼ねているのだという。

「無理っしょ。皇后さまがてくてく馬を歩かせている間に、陛下は千里先を駆けてますよ」

「まあ、今年はね。でも、来年は違う皇后さまをお見せできるかもしれないじゃない？」

「わたくしが参加できるのは来年の話なのね……」

もっとも、妥当な判断だろうと考えられた。正直、秋までに馬を走らせつつ矢を放つなんてまねができる自信はない。

「いえ、皇后さまが猛烈に進歩すれば、いけますよ！」

「いけるはずがないだろう」

不機嫌そうな声に、翠鳳は馬場の入り口を見た。

永昊が部下を連れて立っている。腕を組んで佇む姿には、若さと釣り合わぬ威厳があった。

「だから、絶対バレるって言ったでしょ」

陵雲が頭の後ろに手を当てて言い放つ。

善祥が眦を吊りあげた。

「あんたが話したんじゃないの？」

「俺はそんなに口が軽くないっすよぉ」

「嘘おっしゃい！　あんたくらい口先だけで生きてる奴はいないんだから！」

善祥と陵雲が喧喧囂囂の言い合いをしている。

近づいてくる永昊を見て、翠鳳は密かに奥歯を噛みしめた。

（なんて言おう……）

永昊は馬に乗るのはだめだと言っていたが、翠鳳は勝手に馬に乗ることを決めた。反抗的だと思われたら、どうしよう。

「翠鳳、なぜ馬に乗っているんだ」

永昊の声は硬い。翠鳳は小さくうなだれた。

「それは――」

「陛下、お聞きください。皇后さまは、北族の者たちに皇后として認めてもらいたいから、馬に乗りたいと――」

「俺は翠鳳に訊いているんだ」

善祥のとりなしを、永昊はあっさりと退けた。

永昊は白龍のそばに立ち、翠鳳を見つめる。背が高いせいで、馬に乗った翠鳳と目線の位置があまり変わらない。

「……わたくし、馬に乗ってみたかったのです」

「危ないからだめだと言っただろう」

永昊が翠鳳の膝に手を置いた。

「落馬したら、死ぬかもしれないんだぞ」

「でも、みな落馬しながら乗馬を覚えるものだと善祥は言っておりましたわ」

馬から落ちるのは、多かれ少なかれ経験することだと善祥は語っていた。

「落ちて受け身をとることを学ぶのも大切だと教わりました」

「学ばなくていい」

即座に一蹴された。永昊は善祥を睨んでいる。

「つまらないことを教えるな」

善祥は負けじと反論する。

「つまらなくなんてありません。たとえば、鐙に足が引っかかって引きずられたときの対処法って大切ですから」

「論点をずらすな。皇后がそんなことをする必要はない」

翠鳳はしょんぼりと肩を落とす。

（……まるで子どもみたいだわ）

永昊はわざわざ手に入れた公主を危険にさらしたくないのだろう。しかし、ある意味、幼子扱いされているような気がする。

ひとりの人間としての翠鳳の選択を、認めてはもらえないのだろうか。

「……わたくしは幼子ではありません。馬だって乗れるようになります」

思わず本音を吐露すると、永昊が目を瞠った。

「皇后さま、その調子です。腹いっぱいたまってる文句を言ってやるんですよ！」

善祥に煽られ、翠鳳は勇気を出した。

「陛下は過保護すぎるのです。わたくしは馬に乗りたいし、弓矢だって扱います」

「す、翠鳳……」

永昊がびっくりした顔をする。翠鳳はさらに強気になった。

「陛下がなんとおっしゃろうと、わたくしはやめません。わたくしの未来のためにも、馬に乗る必要があるのですもの」

北族の世界で生きていくためには、絶対に必要なことだと思っている。いや、自分が馬に乗りたいから乗るのだ。永昊の制止は聞かない。

「わたくしは馬に乗って、七星囲場で走らせてみたいのです」

鮮やかな緑の草原を、風をまとい、草いきれを吸って突き進む。

想像しただけで、胸がすくような光景だ。

しかし、意に反してその場がしんと静まる。

次の瞬間、ほがらかな笑い声が響いた。永昊の背後にいる人物が笑っていた。

年は二十代半ばくらいか。目が糸のように細く、春の陽射しにも似た穏やかな空気をまとった青年だ。黒髪黒目で明らかに南人だが、北族と同じ格好をしている。

永昊に付き従ってきたからには部下なのだろうが、なぜ南人がいるのかと面食らう。

「段常侍(だんじょうじ)、こんなときに笑わないでくださいよ」

陵雲のあきれ顔に、その部下はおっとりと応じた。

「いや、すみません。陛下がすっかり言い負かされているものですから」

ほんわかとした声音だが、発言には遠慮がない。

(段常侍と呼ばれるからには、散騎常侍(さんきじょうじ)かしら)

散騎常侍は皇帝の側近であり、詔命(しょうめい)の伝達にたずさわる。その延長で皇帝の相談役としての役目を担(にな)っており、腹心(ふくしん)と呼ぶに値(あたい)する。

「志青(しせい)、うれしそうにするな。おまえの妻がそそのかしたんだぞ」

「あたしはそそのかしたわけではありません。皇后さまのお望みをかなえようとしているだけです」

善祥の夫は南人だと聞いていたが、この段常侍が善祥の夫なのだ。

翠鳳が目を丸くして三人の間で視線をさまよわせていると、翠鳳の背後に立った陵雲が小声でささやく。

「びっくりするっすよね」

「え、ええ……。でも……でも、北族と南人でも夫婦になれるのね」

実際に目にしたら勇気づけられる。

「ま、世間(せけん)一般だと珍しくないっすよ。最近は通婚する例が増えてるんで」

騎馬遊牧民が南下したとき、南人がみな桂河の南に逃げたわけではない。北宣に残った者たちも大勢いるわけで、互いに交流しているうちに婚姻を結ぶ例もあるのだろう。

「でも、建国八姓だと稀なんすよね。特に姐さんは変わり者で、段常侍は段家の奴婢だったんすよ。善祥姐さんが夫にすることで、陛下の側近にまでなったんで」

信じられない話に、翠鳳は口をぽかんと開けてしまった。

ふつうならば主人と奴婢が結婚することなどありえない。おそらく、善祥が奴婢であった段志青を良民として解放し、婚姻するに至ったのだろう。

三人は意見をぶつけあっていたが、善祥が焦れたように声を張りあげた。

「それで、陛下は反対されるんですか。皇后さまがこんなに熱心に取り組まれているのに」

「……翠鳳は皇后だ。代わりはいない。危険にさらしたくない」

永昊は眉をひそめている。志青がすかさず割って入った。

「陛下。皇后さまは単に興味本位で馬に乗りたいとおっしゃっているわけではありません。北族の世界でどうすれば認められるか、思案の末のご決断と考えます。皇后さまのご意向を汲んでさしあげてはいかがですか」

志青の口調はやわらかで、諫言といえども押しつけがましくない。

永昊は翠鳳をじっと見つめてから言った。

「どれほど上達したか、見せてくれ」

翠鳳は唇を引き締めてうなずいた。やるしかないと腹をくくる。

弓を左手に持ち、右手で手綱を摑んで身体を前方に傾ける。

白龍が翠鳳の合図に応え、歩きだした。馬腹を蹴って、速度をあげるよう合図をする。

並足から駆け足になった白龍は馬場を一周する。しかし、的の手前まできたところで、
翠鳳は手綱を引いて速度を下げた。駆け足の馬に乗りながら矢を放つのは、至難の業なのである。

てくてく歩く馬上で、右腰に吊るしていた矢筒から矢を抜き取る。それから矢をつがえて弦を引き絞った。

懸命に弦を引いたあとに放った矢は、相も変わらず的に届かず、ぽてっと地面に落ちる。

あまりのみっともなさに落ち込むが、瞬時に気を取り直して次の矢をつがえた。

白龍は所在なさげに数歩歩く。翠鳳は二本目の矢を放ったが、やはり地面に吸いつくようにぽとりと落ちた。

(まぬけすぎる……)

馬場の外周沿いで眺めていた永昊たちのもとに近づく。

善祥は上気した顔で手を叩き、陵雲と志青は笑いをこらえる表情だ。

翠鳳は弓を善祥に預け、白龍から降りた。

とたんに永昊が破顔一笑し、翠鳳を抱きかかえる。

「すごいぞ、翠鳳！　よく騎射ができるようになったな！」

腰に腕を回されて、子どもを高い高いするように抱き上げられ、翠鳳は面食らった。

「俺に隠れて練習しはじめて、どれくらい経った？」

善祥がすかさず答えた。

「十日くらいです、陛下」

「それで騎射ができるなら立派だぞ。見込みがある！」

「そうでしょうか……」

翠鳳は身じろぎした。子どもではないから、この状況が落ち着かない。

察した永昊は、翠鳳を下ろしてから抱きしめた。胸の中に収まれば、体温が急上昇する。

永昊の身体の熱さや、たくましさにうろたえてしまう。

「がんばったな、翠鳳。来年ならば、俺と狩りに行けるかもしれないぞ」

「ほ、褒めすぎですから……！」

いや、褒めていないのかもしれない。なにせ、今年は狩りに同行できないと判断されるくらいの状態だから。

「翠鳳ががんばってくれるのが、俺はうれしい」

押しつぶすように抱きしめながら、感極まったようにつぶやく。

背に回る腕の強さに狼狽し、しかし、うれしさが徐々に込み上げてくる。

(認めてくれている……)

少なくとも、これからの励みになる言葉だった。

「……ありがとうございます、陛下」

「皇后さまは努力していらっしゃるもの。確かに進捗(しんちょく)はのんびりだけど、ご立派だわ」

善祥の称賛に面映(おもは)ゆくなる。

「陛下、手本を見せてあげたらどうっすか。皇后さまも目安があったほうがいいっすよ」

陵雲が機嫌をとるように言う。永昊が抱擁(ほうよう)を解き、翠鳳を見つめた。

「そうだな。それもいいかもしれない」

永昊は翠鳳から離れると、白龍にさっとまたがる。

乗馬の姿勢は力みがなく、自然体だった。いまだに身体のあちこちによけいな力が入ってしまう翠鳳とは全然違う。感心しながら、翠鳳は善祥から渡された弓を永昊に預ける。

矢も何本か手渡すと、永昊は弓と矢を左手に握り、馬腹を蹴った。

白龍を数歩歩かせたあとに、あっという間に砂埃(すなぼこり)を立てて速度をあげる。白龍の走りもなめらかで、乗り手の差でこうも異なるのかと驚愕してしまう。

「すごいわ……」

なにより白龍の速度があがっているのに、永昊の上半身はブレていない。腰や膝で振動をうまく吸収しているのだろうと想像する。馬場を半周したあと、的の前まできても速度はいっさい落ちない。鐙の上で立ち上がり、矢をつがえて即座に射る。矢は的の中心に刺さり、翠鳳は盛んに拍手を送った。

永昊は的を通り過ぎたあと、振り向きざまにもう一矢を放つ。これまた的の中心を正確に射貫いて、惚れ惚れするくらいの美技だった。

戻ってくる永昊を、翠鳳は手を叩いて出迎えた。

「すばらしいですわ！」

「そうかな」

永昊は微苦笑している。お世辞だと思われてはいけないと力説した。

「見惚れましたわ。走る白龍に乗っていらっしゃるのに、矢が的の真ん中を射貫くのですもの」

永昊は白龍から降りて、弓矢を善祥に渡した。

「簡単だ。的が動いてないしな」

「え？」

小首を傾げる翠鳳を諭すように言う。

「狩りのときも戦のときも、的は常に動いている。動かない的を射るのは全然難しくない。そうだな、陵雲」

「そっすね」

うんうんうなずいているふたりを眺め、翠鳳の心はポッキリと折れかける。

「翠鳳、大丈夫だ。続けていけば、おまえだって逃げ惑う敵兵を射貫けるようになる」

永昊に手を握られて、翠鳳は頰を引きつらせた。

「わ、わたくし、人間を射たいわけではありません」

「すまん、物騒だったな。ならば、逃げ惑う鹿くらいは射殺せるようになるぞ」

爽やかに訂正されても、やっぱり発言が怖い。

しかし、翠鳳はなんとかうなずく。

「は、はい。狩りにお付き合いできるように努力しますわ」

「俺も翠鳳を連れて七星囲場に行き、共に馬首を並べて狩りを楽しみたい。期待してるぞ」

早くも満ち足りた笑顔の永昊とは対照的に、翠鳳の目は遠くなった。

(頂が遠いわ……)

いまだ翠鳳は山のふもとにいて、雲に隠れた頂上を見上げているような状況だ。

正直言って、いつになったら永昊と馬首を並べられるかわからない。

しかし。

(目標ができたのだもの。それは喜ぶべきことだわ)

北宣で生きていくひとりの人間として受け入れられたようでうれしい。

翠鳳は永昊に微笑み返し、さらなる精進を心に誓った。

　数日後、翠鳳は白龍に乗って外に出た。

　これまで大願寺へは軒車で通(かよ)っていたが、満を持して馬に騎乗していくことにしたのである。

「わたくしひとりで行けますのに」

「心配だからな」

　皇太后へ教育指導を受けに行くのだから、ひとりで十分なのに、永昊は自分も行くと言って聞かなかった。

　結局、同行を了承することにしたが、なんだか申し訳なく思える。

「陛下はお忙しい身ですのに」

　地方から届く上奏文(じょうそうぶん)は減ることがない。

　北宣は、農作ができる豊かな晁(ちょう)の領土から北族の故地である草原地帯まで、広大な面積を誇っている。

　永昊のもとには、各地の諸問題を訴える上奏文が絶えず山を成しているのだ。

「皇太后さまのご機嫌伺(うかが)いをするのも俺の大切な仕事だ。気にしなくていい」

　永昊に言われ、翠鳳もうなずくしかない。

　お世辞にも仲がよいとは言えないから、互いの距離を縮めるためにも定期的な訪問は必要だろう。

護衛に囲まれて馬を進ませれば、青空の下に人々の生活が絵物語のように次々とあらわれる。

目抜き通りには金髪碧眼の商人が駱駝に乗って談笑している。かと思えば、小冠をかぶった北族の男が馬に乗り、南人の供を連れて通りを急ぐ。

一歩脇道に入れば店が立ち並び、売り子が客を呼び込んでいる。南麗から取り寄せた綾錦を売る店があれば、牧民が刈った羊毛でこしらえた絨毯や毛氈を売る店もある。

店頭で羊肉を炙っている店は、脂が跳ねる香ばしい匂いをあたり一面に漂わせており、小鼻をひくっと動かしてしまう。

「おいしそう……」

左隣にいる善祥が微笑む。

「夕食に頼みましょうか」

「うれしいわ」

新鮮な羊の肉は、焼いても茹でてもおいしいのだと北宣に嫁いで知った。

「翠鳳、無理をしていないか？　南人の食事がいいなら、そう言ってもいいんだぞ」

「いえ、大丈夫ですわ。お米が食べられれば満足なのです」

南人は、豊かな者は米を、貧しい者は黍や稗といった雑穀を主食として食す。

翠鳳は、順王府に暮らしていたころは米を食し、官婢になってからは、雑穀かあるいは少しの米を与えられていた。米さえあれば問題なく過ごせるのだ。

「翠鳳は欲がないな」

不思議そうにする永昊に、翠鳳は疑いを招かないようあわてて答えた。

「贅沢はいけませんから」

「そうか」

当たり障りのないおしゃべりをしながら、大願寺に向かう。

迎えた皇太后は、相も変わらずふたりに冷淡だった。

永昊は外で待たされ、翠鳳だけが中に招き入れられて、まず命じられたことは部屋の掃除である。孝養を尽くすと言うなら実際に身体を動かせと命令され、翠鳳は従った。

清掃は、南麗の後宮でやっていたことだから慣れきっている。はたきをかけて埃を払い、床を掃き、固く絞った雑巾で床を拭く。雑念を払って夢中で動き続ければ、部屋はすっかりきれいになった。

やりきったという満足感を胸に皇太后に報告すると、永昊がようやく部屋に招かれる。

顛末を皇太后から聞かされ、永昊は怒りをあらわに抗議し、翠鳳は決死の覚悟でふたりの間を取り持つ羽目になった。

帰り際、馬に乗った永昊はむっつりと押し黙っていた。怒気が全身から立ちのぼっているようだ。

茜色に染まる夕刻の空の下、白龍を操りながら、翠鳳は永昊の機嫌をなんとかとろうとする。

「どうか、気になさらないでください。わたくし、掃除は大好きなのです。がんばれば成果が見えるので、とても心の健康によいんです」

「皇后にやらせることじゃないだろう」

「そんなことはありませんわ。清掃は誰にとっても大切な仕事ですもの。率先して範を垂れるのも皇后の役目です。わたくしは、むしろ楽しいくらいでしたのよ」

「無理をするな。皇太后さまのところには、もう行かなくていい」

永昊が怒りをあらわに吐き捨てるので、翠鳳はあわてた。

「そ、それは困ります。わたくし、皇太后さまに教育していただいている最中なのです。やめるわけにはまいりませんわ」

翠鳳は懸命になだめる。

皇太后に孝養を尽くすのは、皇后としての務めだ。なにより、ふたりの仲が悪いからこそ、翠鳳は力を尽くさざるを得ない。

「陛下だっておわかりでしょう。皇太后さまは幽氏の中で、もっとも高いご身分です。幽氏を抑える力をお持ちでいらっしゃるのですから、わたくしとしては皇太后さまと仲よくしたいのです」

　建国八姓の者たちは官職や軍職、さらには後宮の女官として国に仕えている。彼らの手綱を握るのは、皇帝にとってもっとも重要だ。

　皇太后が後宮に八姓の女を入れろと勧めているのも、彼らの存在を軽んじるわけにはいかないからである。

「しかしだな――」

「わたくしの行動は、わたくしを守るためでもあるのです。北族に受け入れられない皇后になりたくはありませんもの。誠心誠意お仕えしていれば、皇太后さまだって、南人の皇后を迎えたというわだかまりを解いてくださるかもしれませんわ」

　翠鳳の必死の説得に、前を守っている陵雲がため息を漏らした。

「皇太后さまは嫁いびりをやりたいだけけっしょ。いつかは終わるって思ってたら、永遠に終わんないかもしれないっすよ」

　陵雲は馬上で器用に手を離し、後頭部で両手を組んでいる。

　不機嫌そうな空気を感じ、おそるおそるたしなめた。

「……陵雲は幽氏でしょう。悪く言ってはだめよ」

　皇太后を後ろ盾にしている幽氏は、建国八姓の中でも有利な地位にいる。陵雲も恩恵を受けていると思うのだが。

陵雲は鼻で嗤った。

「同じ幽氏でも、皇太后さまの家と俺の家は違うっす。俺は〝落馬した幽氏〟なんだから」

吐き捨てるような口調とちらりと見えたすさんだ表情が心配になり、どういう意味かと口を開きかけたときだった。

前方の門から南人らしき男が転がり出てきた。

侍衛がすばやく翠鳳と永昊を囲む輪を縮める。

男を追って出てきた北族の男が、南人の男に馬乗りになって殴りつける。

「逃げられるとでも思っているのか！」

骨が砕けそうな鈍い音を聞き、翠鳳は震えあがった。

「へ、陛下。助けてあげてください」

「陵雲」

「了解っす」

陵雲は彼らのそばに馬を寄せ、すばやく下馬すると、北族の男を殴り飛ばした。

あっけにとられる南人の男に手を伸ばして立たせる。

顔が丸いだけでなく身体つきも全体的に丸っこい男は、やはり黒髪黒目の南人で、長袍をまとい小冠をかぶって官人のように見える。

彼は翠鳳や永昊を目にしてから両膝をついた。

「お、お助けください！」

翠鳳はすぐさま声をかけた。

「いったい何があったの？」

「この工房でつくらせている機械を壊されそうで……」

機械と聞いて、翠鳳は馬を降りた。

「わかりました。案内してちょうだい」

「え、あ、はい……」

助けてくれと言ったわりに、男は一瞬怯んだ顔をしてから門を再びくぐる。

門には楊工房という扁額が掲げてあった。翠鳳もあとを追って門をくぐろうとしたが、永昊がすばやく並ぶ。

「翠鳳、待て。ひとりで行動するな。危ない」

「で、でも、ことは急を要して——」

中に入ると、乱闘騒ぎが起きていた。

門庭で南人の男たちと北族の男たちが摑み合いの喧嘩をしている。殴ったり殴られたり、骨まで響きそうな鈍い音が鳴り、土埃が立っている。

翠鳳は面食らいつつも先ほどの男を探す。

門庭には大がかりな機械が置かれていた。彼はその前に立ちふさがり、北族から殴打されている。機械の周囲には他にも南人の男がいて、木槌を持った北族の男にしがみついている。どうやら、機械を壊そうとする北族を南人が止めようとしている状況のようだ。

「おやめなさい！」

思わず発した制止の声は、自分でも驚くほどに大きかった。

「なんだ、おま――」

ガラの悪そうな北族がすごもうとしたが、永昊を目にしたとたん驚愕を顔に貼りつけた。

「静まれ！　皇帝陛下の御前だぞ！」

侍衛が命じた直後、騒乱は収まり、人々はその場に両膝をついた。

「いったいどういうことだ？」

永昊の質問に、誰も答えない。

地面に顔を落とし、あるいは横を向いて押し黙っている。

翠鳳は機械のそばにひざまずく男に近づいた。翠鳳たちの前に飛び出してきた男は身体を小さくしてうつむいている。

「……これは龍骨車（りゅうこつしゃ）でしょう？　なぜ、これを守ろうとしたの？」

翠鳳の質問を聞き、男は弾かれたように頭を上げた。

「ご存じなのですか、この機械を」

「ええ。龍骨車は低い位置にある川や池の水を高所に運ぶ機械でしょう。これを壊されそうになったから止めようとしたのかしら」

翠鳳がたずねると、男は表情をパッと明るくした。

「おっしゃるとおりです。これは南人の農地用に製作してもらっていた龍骨車です」

「南人の農地？」

「はい。その……安西王殿下の封土に南人が多く住む地域がございます。そこで使うための龍骨車です」

「……では、この騒動は明昊が引き起こしたものか？」

永昊が苦々しそうに言う。

（明昊さまは陛下の弟君だわ）

明昊は永昊のひとつ下の弟だ。先帝の長男である永昊には、明昊を含めて三人の弟がいる。立后式の折に明昊以外のふたりには会ったが、明昊には面会できなかった。明昊は封土におり、臨月の妻が出産を控えているためという理由で式に出席しなかったのだ。

「では、この機械を壊そうとしたのは――」

「命じたのは、俺だ」

不機嫌そうな声がして、庭の奥の建物からひとりの少年があらわれた。

北族には珍しい黒髪に黒目の少年は、右目の上から顎まで一筋の傷痕が走っている。まなざしには侮蔑と苛立ちが滲んでいた。

す。

「明昊、何をしているんだ、こんなところで」

怒りを押し殺した声は永昊のものだ。かたや明昊と呼ばれた少年は、不服げに鼻を鳴ら

「兄上には関係ない」

「関係ならある。この工房に押し入り、龍骨車なる機械を壊そうとしたことに正当な理由はあるのか？」

永昊は怒っているが、それは為政者として不当な行いをする臣下への怒りだ。

ところが明昊は露骨に頬をこわばらせ、感情的に怒鳴りだした。

「ああ、あるさ、理由なら。そこの崔文傑が悪い。追加で税をとれと命じたらできないと逆らった。おまけに俺のためだと言い張って、こんな機械をつくらせやがった。俺に従わない奴を俺が罰して何が悪い！」

どうやら翠鳳たちの前に飛び出した男の名は崔文傑というらしい。文傑はいたたまれないようにうつむいている。

翠鳳は文傑に同情のまなざしを向けてしまう。詳しい事情はわからないから内容は別にして、明昊の話し方は、人の上に立つ者として幼稚に思えてしまったのだ。

案の定、永昊は深い息をついた。

「明昊。臨時の税を徴収する場合、報告をするように各州の刺史や諸王には通達を出した

はずだ。俺のもとには、おまえの封土からの追加の徴税の申請は届いていないぞ」

明昊が顔を赤くする。

「お、俺の封土だぞ！　好きにして何が悪い」

「おまえに封土をまかせてはいるが、おまえの好きにしていいわけではない。定めた律令に違反すれば罰が必要だ」

永昊の冷静沈着な指摘に、明昊は表情をさらに険しくした。

「兄上は南人の肩を持つのか!?　さすがに南人女を皇后にしただけのことはあるな！」

文傑が驚いたように翠鳳を見つめる。どうやら、永昊のそばにいる南人女——翠鳳が皇后だと理解したのだろう。

「南人の肩を持っているわけではない。律令は北宣に住む北族、南人、どちらも等しく守らねばならぬものだ。俺が言っているのは原理原則の話だ。なぜそれがわからない」

永昊は師のように厳しい。明昊は怒りのためか頬を引きつらせている。

「明昊、これから皇宮にこい。俺がきちんと教育してやる」

「じょ、冗談じゃない。俺は忙しいんだ。皇宮に行く暇なんかあるか。行くぞ！」

明昊は周囲にいた北族を促す。おそらく彼の侍衛である男たちは立ち上がり、明昊のあとをついていく。

その明昊は陵雲の横で足を止めた。なれなれしく肩を叩いて冷やかす。

「久しぶりだな、玉なし。ちゃんと陛下にお仕えしているか？」

「してるっすよ」

「そりゃよかった。新しい飼い主にせいぜい尻尾を振っておくんだな」

明昊は捨て台詞を吐くと、工房から出ていく。

（なんて無礼なのかしら……）

陵雲が浄身した事情は知らない。だが、からかっていいことではないだろうに。

もっとも、陵雲は肩をすくめただけで、表情はすっかり醒めきっている。

崔文傑がその場に額ずいた。

「皇帝陛下と皇后陛下にはなんとお礼を申し上げたらいいか……」

「いいのよ。立ちなさい」

翠鳳が促すと、文傑は立ち上がった。拱手をして深々と礼をする。

「龍骨車を守ってくださり、ありがとうございました」

「いいえ、力になれてうれしいわ。……これが本物の龍骨車なのね」

龍骨車は揚水車ともいい、水を高所に引き上げる機械である。細長い箱状の樋の中を鎖状に連なった水かき板が動いて樋の中の水を押し上げる構造だ。水かき板の枚数は数十枚にも及び、輪軸を回して水をかき上げる。輪軸は手回しのものもあれば、足で踏んで回すものもある。

「安西王殿下の封土には南人が住んでいるの？」

「はい。もっぱら農作業に従事しており、水の不足に悩んでいるところです」

「だったら、龍骨車は必要ね。この龍骨車をこしらえたのは、ここにいる方々かしら」

地面にぼんやりと座っていた男たちがおずおずとうなずく。北族に殴られていたのは、この工房の職人のようだ。

「怪我をしているのでしょう？　善祥、手当てをしてあげて」

「かしこまりました」

善祥が負傷した職人をひとところに集めると、瘦せぎすの中年の男が薬箱を善祥に手渡す。その中年男が気づかわしげに文傑に近づいてきた。

「大丈夫ですか、文傑さま」

「舜範どの、迷惑をかけました。工房にまで押し寄せてくるのを止められず、本当に申し訳なく思っております」

「いえいえ、龍骨車に大きな被害がなく幸甚でした」

ふたりは頭を下げ合っている。舜範と呼ばれた男は短上衣と褲を着ていて、一目で庶民とわかる風体だ。どうやら工房の責任者らしく、職人たちが頭を下げている。

目の下に隈が張りついた舜範に、思わずいたわりの言葉をかけた。

「立派な龍骨車ですもの。製作には苦労をなさったでしょう」

「それほどでもありません。その……皇后さまはこれを龍骨車だとよくおわかりになられましたな」

当惑したような舜範の顔つきに、翠鳳は微笑みを返した。

「わたくし、工作が昔から好きで」

「ほう」

「ち──いいえ、その……親戚にこういった機械の設計図を書き残した人がいるのです。すでにある機械を改良したり、新しい機械を開発したり、そういうことが好きで」

「それは……」

舜範が興味を示す。

「南麗はこういった機械の開発が進んでいると聞きますが、やはりそうなのでしょうか」

「北宣の情況がわからないけれど、この龍骨車も水の流れを利用したり、牛に輪軸を回させるものもありますわ。人力には限りがあるけれど、工夫すれば人力以外の操作方法があるという話で」

「それはおもしろい……。設計図をお持ちでしょうか。見せていただくわけにはまいりませんか」

食いついてくる舜範に、翠鳳はうなずく。

「もちろん──」

もっとも、まずは許可を求めなければいけない相手がいる。

翠鳳は黙って見守ってくれていた永昊と向かい合い、腰を落とす礼をした。

「陛下、どうか楊工房を手伝うことをお許しくださいませ」

永昊が心配そうに眉を寄せる。

「何も翠鳳が自ら動く必要はないだろう」

「いいえ、わたくしは好きなことをしたいだけです」

父が残した設計図は、世の中の役に立つもののはずだ。だとしたら、それを証明したかった。北宣の民の暮らしの一助になるなら、翠鳳は手を貸すべきだ。

「北宣に住む者たちのために働きたいのです。どうかお許しくださいませ」

深々と頭を下げれば、永昊が肩をぐっと摑んだ。

「……わかった。ただし、善祥と侍衛を必ず連れていくように」

「もちろんですわ」

翠鳳は舜範たちに笑顔を向けた。

「陛下のお許しが出たから、わたくしにも加わらせて」

「ありがたいことです。そうでしょう、文傑さま」

「え、ええ、そうですね」

文傑は遠慮したそうな顔をしている。

政（まつりごと）の場にいるからこそ、翠鳳の存在におそれ多さを感じているのかもしれない。

「みんなの足手まといにならないようにするわ。だから、どうぞよろしくね」

翠鳳の言葉に、文傑も舜範もうなずいてくれる。

自分のなすべきことにようやく触れた思いで、翠鳳は自然と笑みがこぼれた。


翌朝。

翠鳳は馬場に赴いた。善祥も伴わず、ひとりである。

厩舎に入ると、むっとするような獣の臭（にお）いがするが、まったくひるまず白龍が入れられた馬房に向かう。

おとなしく草を食（は）む白龍の鬣（たてがみ）に櫛（くし）を入れる。からまった毛を梳（す）きながら、話しかけた。

「ねえ、白龍。お父さまの技術書が誰かの役に立てるかもしれないのよ。うれしいわね」

白龍は葦毛馬だ。葦毛の馬は、成長すると毛がさらに白くなる場合がある。それを願って、白龍と名づけた。小柄でつぶらな瞳からは龍のような迫力を感じられないけれど、騎乗が下手な翠鳳も嫌がらない白龍への愛着はひとしおだ。

暇さえあれば、白龍の体毛や鬣に櫛を通すのが、楽しみのひとつだった。

「北宣のために役立たせるのは、お父さまの本意ではないかもしれないけれど……。きっと許してくださるわよね。お父さまは民の生活を案じていたもの」

馬は黙って聞いてくれる。考えをまとめたいとき、誰にも言えない話をしたいとき。

白龍のもとに自然と足を運んでしまうのだ。

「……ねえ、白龍。わたくし、立派な皇后になれるかしら。自信がないのよ。ずっと背伸びをしている気がするの」

白龍は口をもぐもぐと動かしている。話を聞いているのか、いないのかよくわからないけれど、そんな姿を見ていると、癒されるのは確かだ。

「白龍、ちょっと付き合ってくれる？」

白龍の引き手綱を引いて部屋を出る。厩舎の外に連れ出そうとするが、入り口から声が聞こえてきた。

「最近、たるんでいるようだな」

「そんなことないっすよ。いっつもまじめにやってるっすよ」

へらへらとした笑い声まで聞こえてきそうな返事。きっと陵雲だろう。

（もうひとりはどなたかしら）

あまり深く考えずに厩舎を出る。

壁際にもたれて陵雲と話をしていたのは、明昊だった。

翠鳳を目にし、ふたりともぎょっとした顔をする。

（なぜかしら……）

ふたりでいることもだが、翠鳳に対する反応が奇怪に思えてならない。

「何かありまして？」

陵雲がだらけた笑みを浮かべて答える。

「なんもないっすよ。皇后さまこそ、ここで何してるんすか？」

「白龍に乗ろうと思って」

素直に答えると、明昊が鼻を鳴らした。

「南人女が北族のまねごとか？」

「馬に乗りたいだけですわ」

さすがにむっとして答えると、明昊は皮肉な笑みを見せた。

「どうあがいても南人女は北族にはなれんぞ。ケツをまくって南麗に帰ったらどうだ？」

下品な笑い声をこぼす彼に眉をひそめた。

「わたくしは和平のために嫁いでまいりました。南麗に帰る理由はありません」

まじめに応じると、彼はとたんに白けた顔をした。

「どんなに北宣のために働いても、北族はおまえを信用しない。おまえが南人である限り、それは変わらない」

冷ややかな言葉に、翠鳳は唇を鎖す。

（そうかもしれないわ……）

どんなに騎馬がうまくなっても、翠鳳はいつまでも受け入れてもらえないかもしれない。

（でも、努力するしかないもの）

他人の思惑など、翠鳳には推し量れない。今の自分にできることをするしかないのだ。

「俺の母親も南人女で、だから後宮でもつまはじきにされていた。あんな女の腹から生まれたことは俺の最大の汚点だ」

吐き捨てるような明昊の物言いに、翠鳳の心が波立つ。

明昊の母は、妊娠中から後継者が永昊に定まるまで子貴母死の制におびえながら出産や子育てをしてきたはずだ。明昊の母の境遇を考えれば、彼女の苦労がたやすく想像できる。

それなのに、母をいたわるわけでなく侮蔑するのはひどすぎると義憤を覚えた。

「明昊さまのお母上は、明昊さまを育てあげるまでにたいへんな苦労をされたはずですわ。それなのに、南人だからといって軽蔑なさるのですか？　あまりにも情のないことだと思います」

翠鳳がずいっと近寄って主張すると、明昊はひるんだふうに一歩退く。

「……おまえに俺の気持ちなどわかるものか」

うめくようなつぶやきに、翠鳳は目を丸くした。

（……もしかして、明昊さまは悔しいのかしら）

明昊の母は、元は南人の奴婢であったが美貌によって後宮に入れられた女性で、男子を生んだというのに後宮での地位は低いままであったと聞く。今は明昊の封土に暮らしているというが、ほとんど存在感もなく、政治的な力は皆無に等しい。

　自分の母を軽んじた北族の者たちに憤りと――あるいは悲嘆を覚えているのではあるまいか。

　翠鳳は白龍の引き手綱を離し、再び明昊に近寄り、彼の手を握った。

「明昊さま。あなたには北族と南人の血が確かに流れていらっしゃる。北宣には南人も暮らしています。明昊さまは懸け橋になれるはずです。だって、明昊さまは、つらい思いをしたお母上の気持ちがおわかりになるのですから」

　明昊は永昊とはまた違う角度でものを考えられる立場のはずだ。その立場から永昊を助けてほしいのだ。

　明昊はポカンと口を開いている。思いもよらなかったことを指摘されて、面食らっているのだろうか。

　翠鳳は彼の手を己の手でしっかり包んで告げる。

「わたくしは南人ですもの。おひとりで苦労された明昊さまのお母上のお気持ちが、少しはわかるつもりです。だからこそ、明昊さまにご協力をいただきたいのですわ。明昊さまが治める土地で、崔文傑は龍骨車を農作に導入しようとしております。できれば力を貸して――」

明昊のぬくもりを感じながら語る言葉には、つい力がこもった。

しかし、明昊は翠鳳の手をつれなく振り払う。怒りのせいか、すっかり上気していた。

「南人は北宣では下の存在だ。そんな奴らのために力を貸してやる必要があるものか！」

「明昊さまの義務ですわ。明昊さまは確かに南人の血を引いていらっしゃる。ならば、南人のことを考慮に入れるのは当たり前です」

翠鳳はまじめに応じる。明昊に協力をしてもらえれば、ことは順調に進むはずだ。

「南人のために働けとでも言うのか？」

「わたくしも協力いたします。崔さまも助けを求めていらっしゃいますわ」

翠鳳は彼の腕を再び摑んでつい力を入れるが、明昊はますます顔を真っ赤にした。

「き、気安くさわるな！　人妻の分際で！」

翠鳳の手を、明昊は苛立（いらだ）たしげに払いのけた。勢いがよすぎるあまり、翠鳳はたたらを踏む。よろけた翠鳳を背後から支えたのは、陵雲だった。

「皇后さまに乱暴しちゃダメっすよ」

「やかましい！　玉なしは永遠に黙っていろ！」

あまりにも失礼な放言に、翠鳳は眉を吊り上げる。

「なんて非情なことをおっしゃるんです？　陵雲の事情も知らず、傷つけるような言い方をなさるなんて！」

「そいつの事情なら、よく知っている。かつては俺の侍衛だったんだからな！」

明昊が陵雲を指さしてせせら笑う。

「そいつは幽氏といえども、父親が謀反を企み、家をとりつぶされた。本来ならば父親共々死罪に処されるところが、去勢されただけで済んだ。命があるだけマシだと思って、帝室に感謝をするんだな！」

翠鳳は言葉を失った。背後の陵雲を振り返ることができない。

（謀反だなんて……）

いったいいつの話だろうか。永昊が皇帝になったあとのことなのか。

父親の罪のせいで浄身されたのだとしたら、ひどく胸が痛む。

（あまりにも気の毒なことだわ）

他人事とは思えない。まさに、翠鳳自身も父の罪で――皇帝が負わせた偽りの謀反の罪で、すべてを失った身だからだ。

（でも、それは口にできない……）

翠鳳は公主だ。父である皇帝が健在なのだから、矛盾したことは言えない。

黙ってしまう翠鳳を目にした明昊は、にわかに動揺したような顔をした。

「な、なんなんだ、おまえは！　そいつを憐れんでいるのか」

「もうやめてくださいよ。俺のほうがいたたまれなくなりますから」

陵雲が静かに口を挟む。翠鳳は彼を振り返った。

まなざしからは感情はうかがえない。それがよけいに陵雲の傷心を物語っているようだ。

「ふ、ふん、玉なしの分際で感傷に浸っているのか？　せいぜい自分で自分を慰めるんだな、負け犬が！」

明昊は冷たく言い放ってから去っていく。翠鳳は一言物申そうとしたが、悔しくて言葉が喉の奥に詰まった。

（なんてみっともない……）

自分の部下である陵雲を侮辱されたままで終わってしまった。一矢を報いることもできなかった。

「……ごめんなさい、陵雲」

「明昊さまは元ご主人さまっすよ。何を言われても仕方ないんで」

陵雲が肩をすくめる。

「でも」

「でもへったくれもないっす。親父が謀反を企んだのは確かっすよ。正確に言うと、宰相だったのに、賄賂をとりまくっていて、それがバレたんで先帝に対して謀反を企んだっす。やることがクソっすよね」

陵雲の笑顔はすさみきっていて、傷ついているのだとすぐにわかる。

「先帝があなたのお父さまを処罰したの？」

「いや、皇太后さまと皇太后さまの兄上っすね」

「皇太后さまの兄上といったら、陛下に処刑されたというお方？」

「そうっす。ま、はっきり言えば、親父は幽氏内の権力争いに負けたんすよ」

皮肉な笑いをこぼす陵雲を翠鳳は切ない思いで眺める。

権力争いに陵雲の父は負け、陵雲自身は浄身されたのだ。

（陵雲は誰かを恨んでいるのかしら）

父を、あるいは皇太后を、死んだ幽宰相を恨んでいるのか。永昊や先帝を呪っているのだろうか。

「別に皇后さまが胸を痛めることはないっすよ。明昊さまのおっしゃるとおり、命があるだけ儲けもんなんで」

ヘラヘラと締まりのない笑顔で言い放つ陵雲の腕を、思わず摑んだ。

「陵雲、あんなひどい言葉を受け入れてはだめよ」

「いいんすよ。明昊さまには捨てられたけど、陛下に拾われた。俺は結局、運がいいんだから」

「陛下に拾われた？」

「俺は確かに明昊さまの侍衛でしたが、浄身されたあとはあんな感じで、おまけに暴力を振るわれていたっすよ。哀れな俺を助けてくれたのが即位前の陛下だったたっす」

陵雲の発言に安堵し、翠鳳は彼の腕から手を離した。

「よかったわね、陵雲。陛下はあなたをちゃんと評価してくださったのだわ」

「……どうっすかね」

陵雲は口元を歪(ゆが)め、皮肉げな笑みをこぼしている。彼の姿からは、すべてのものから距離を置こうとするような意志を感じる。

「陵雲。困ったことがあったら、言っていいのよ。わたくしに手伝えることがあったら、遠慮しないでね」

真剣に言うと、彼が深い息をついた。

「どうしたの？」

「……皇后さまはおやさしい方だぁと感動したっすよ」

「ふつうだと思うわよ……」

翠鳳はついうなだれてしまう。やさしいのではない。翠鳳は弱いのだ。

「皇后さま！」

翠鳳を呼んでいるのは、善祥だ。馬場にひょっこり顔を出した彼女はあわてて走り寄ってきた。

「皇后さま、心配しましたよ！」

てくてく歩いている白龍の引き手綱をついでとばかりに握り、白龍を従えて善祥は翠鳳に近づいてくる。

「ごめんなさい、善祥。白龍に乗りたくて」

「あとで好きなだけ乗れるでしょうに」

「ひとりで乗りたかったの。それに白龍と話していると、気がまぎれるのよ」

翠鳳が打ち明けるや、善祥が噴き出した。

「父と同じことを言わないでくださいよ」

「同じ？」

「あたしの父親、よく自分の馬に語りかけているんですよ。俺の気持ちをわかるのは、おまえだけだって」

「なんとなくわかるわ、その気持ち」

きっと、ずっと背に乗っていると、心までも通じ合うような気がするのだろう。

「で、なぜ陵雲がいるんですか？」

「陵雲はここで明昊さまとお話をされていたの」

「へぇ。こんなところでね」

善祥のまなざしが凍るように冷たい。

「なんもないっすよ⁉」

「皇后さま、ひとりで行動なさるのはおやめください。あたしを呼んでくださったら、どこにでもついてまいりますから」

善祥はひどく心配そうだ。翠鳳は申し訳なくなり、大きくうなずく。

「ごめんなさいね、善祥。気をつけるから」

「お願いしますね」

善祥は念を押してから、陵雲を睨みつける。

「……とばっちりじゃないですかね」

陵雲は嘆くように天を仰ぐ。

蒼天（そうてん）を大きな鳶（とび）が横切っていった。


その後、皇太后のもとにご機嫌伺いをしたが、なぜか明昊と遭遇したことを知っており、彼に礼を失した振る舞いをしたことを咎（とが）められた。

明昊はすでに跡継ぎを儲けており、それに比べれば、永昊も翠鳳も責任感がないというのが皇太后の意見だった。

『そなたも皇后ならば、後宮を整えるよう皇帝に勧めるのが役目であろう。後嗣（こうし）をひとりでも増やすように、他の女を見繕（みつくろ）って推挙（すいきょ）せねばな』

皇后がするべきことを的確に指摘され、翠鳳は頭（こうべ）を垂れて聞くしかなかった。

反省の意を示すための文章を官話と北宣の言葉で二部したため、昼過ぎになってようやく解放してもらった。

馬に揺られて楊工房に向かいながら、考えごとは尽きない。

(やはり陛下に八姓の身内から妃を選ぶよう申し上げるべきかしら……)

皇后の役目は後宮を管理すること。だが、もっとも重要な任務は皇帝の子女を健やかに育てあげることだ。つまり、永昊の子がひとりもいないこの状況は、翠鳳にとっても大問題ということである。

(わたくしは、まだ侍寝をしていない……)

翠鳳はまだ妻としての義務を果たしていない。

永昊は翠鳳の信頼を得るまで待ってくれるという。

(だけど、それに甘えるだけでは……。やはり後宮に妃嬪を入れるようにお勧めするべきではないかしら)

八姓の高官を懐柔するためにも彼らの娘を後宮に入れる——南麗の皇帝も同じようなことをおこなっていた。

ただし、南麗と北宣には大きな違いがある。それは子貴母死の制だ。

(もしも妃を入れたら、彼女はきっと〝殺すための女〟を伴ってくる)

それは受け入れがたい。

果てのない思考に区切りをつけようと息を吐いたとたん、隣で馬を歩かせる善祥がいたわりの言葉を口にする。

「……たいへんでしたね」

すかさず首を横に振った。

「大丈夫よ」

「でも、お疲れになったでしょう」

善祥は思案顔だ。翠鳳は安心させるように微笑んだ。

「疲れてはいないわ。それよりも、聞いて。わたくし、北宣語をだいぶ書けるようになってきたのよ」

官話は問題なく書けるが、北宣語は官話を大幅に省略したような字で目が慣れず、難しかった。皇太后のもとで字を書かされているおかげで、はからずも慣れてきたのだ。

「宮廷では、わたくしに気を遣って、みんな官話を話しているでしょう。だから、わたくしが北宣の言葉をわかるようになりたいの」

侍女たちも官話を話すが、苦手そうにしている者もいる。翠鳳は順調に北宣語を習い覚えてきているから、このまま上達すれば、彼女たちとも北宣語で意思疎通ができるだろう。

「皇后さまが北族の言葉をお話ししてくださるなら、みんな助かります。官話を苦手にしている者もおりますので」

「やっぱりそうなのね」

「あたしたちは強制的に習得させられますけど、そうでないほうが多いんです」

翠鳳は小首を傾げた。

「強制的なの？」

「南人とかかわるなら必要なことですし。建国八姓の者たちは政にたずさわる者が多く、どうしても習い覚えないといけないですから」

「それはそうよね」

北宣の住民には南人もいる。そうなると、確かに官話を話す必要性も生じてくるのだろう。

南人といえば、崔文傑を思い出す。彼も翠鳳の到着を待ちわびているはずだ。

「きっと、崔さまもやきもきしていらっしゃるわね。急ぎましょう」

善祥に言い、心持ち馬の進みを速める。

楊工房に到着すると、出迎えたのは、崔文傑と段志青のふたりだった。

恭しく礼をする彼らに、翠鳳は目を丸くしつつ下馬した。

「段常侍。どうしてここに？」

「陛下に、様子を見てくるようにと言われまして」

穏やかな笑顔はこちらを安心させるような効果がある。心なしか、文傑も緊張をほどいている様子だ。

「崔どのと有意義なお話ができ、非常に感謝しております」

「な、何をおっしゃいますか。こちらこそ段常侍にご相談ができ、感謝に堪えません」

　ふたりは両手を胸の前で重ねて、互いに深々と礼をする。

「さっさと中に入れてくださいませ。まさか、皇后さまのご用件を立ち話で済ませるつもりじゃありませんよね」

　善祥にせっつかれ、ふたりは顔を見合わせる。

「では、中にどうぞ」

　志青に促され、護衛を連れて門をくぐる。

　前庭には小卓と腰かけが並んでおり、昼食が用意されていた。小麦を円形にして焼いた餅と茹でたり焼いたりした羊肉の皿が並べられている。

「午餐を摂っていらっしゃらないのではと愚考いたしまして」

　志青の気遣いに、翠鳳は恥ずかしくなって頰を朱に染めた。

「……どうもありがとう、段常侍」

　皇太后は昼食を用意してくれない。翠鳳は護衛たちに携帯食を持たせ、彼らには自由に済ませるようにと命じてあった。そうはいっても、温かいものを食べさせられない不甲斐なさを、ずっと痛感していたのだ。

「皇后さまが、しばしばお昼を抜いていらっしゃると善祥から聞いておりました。ご遠慮なく召しあがってください」

志青に言われ、さらに耳の先まで赤くしてしまう。皇太后のもとで過ごすときは昼食抜きが当たり前だ。それ以前に空腹には慣れているはずだったのに、香ばしい肉の匂いを嗅(か)ぐと、とたんに腹が小さく鳴った。

「……ありがとう」

「席は室内にご用意しておりますが」

「外でいいわ。わたくしは、その……気にしないから」

南麗では身分の上下は厳格で、上の者が下の者と共に食事をすることなど絶対にない。むろん北宣でもふだんならば上下の別は厳しいが、嫁入り道中の永昊の振る舞いを思い返せば、ここは例外にしてもかまわないだろうと判断する。

翠鳳は善祥や文傑たちと席を共にする。低い腰かけに座り、身を寄せ合って食事をすると、心の隔(へだ)たりが消えていくように感じるから不思議だ。

「この羊肉はおいしいわね。香りがいいわ」

翠鳳が感想を漏らすと、志青が微笑んで言う。

「塩と香草を少々振っただけですが、肉が新鮮だと違いますね」

「どこから持ってきたの？」

善祥が肉を頬張りながら気安く問う。

「我が家から運んできましたよ」

「段常侍のお屋敷はこの近くにあるのかしら」

翠鳳がたずねると、志青は愛想笑いを浮かべた。

「近くというわけではありませんが、遠くもありません」

「お疲れだったわね。家のみんなは元気？」

善祥の問いに、志青はちぎった餅を渡しつつ答えた。

「元気にしておりますよ」

「……ごめんなさい、善祥。そういえば、ずっと宮城に泊まり込みだったわね」

顔から血の気が引いていく。善祥には家庭があるのに、翠鳳が彼女に甘えてしまったせいで、帰宅できなくなっているのだ。

「いいんですよ、皇后さま。お気になさらず。夫の世話をする人間は、邸に十分におりますから」

善祥の返答に志青も付け足す。

「善祥を頼りにしてくださっているなら、この上もない幸甚です。皇后さまが信頼してくださるかどうか心配しておりましたので」

息の合ったふたりを見比べて、文傑がほうと感嘆の息を吐いた。

「お噂に聞いたどおりでいらっしゃる」

「どんな噂です？　あたしが夫を尻に敷いているとか？」

「妻の助けがなければ、臣めは羊の肉も捌けないというものでしょうか」

北族の男にとって、羊の息の根を止め、さらに解体する作業は幼いころから仕込まれ、身につけておくべき〝心得〟だ。噂は志青が北族から侮られていることの証だった。

にこやかな笑みを浮かべつつも目元が険しいふたりに迫られ、文傑がすくみあがる。

「わたくしは、ふたりを見て安心したわ。北族と南人が結婚しても、うまくやっていけるのねと」

翠鳳が助け船を出すと、善祥は気を取り直したように微笑んだ。

「冗談ですわ」

「文傑どの、失礼しました。からかっただけです」

文傑は頬を引きつらせながら、小声で漏らした。

「いえ、その……。たいへん仲睦まじく、その……志青どのが出世するのも当然だと」

しどろもどろの返答に、翠鳳は小首を傾げた。

「段常侍の出世には、善祥が関係しているの？」

「おおいに関係がございます。臣が出仕できるようになったのは、妻のおかげです。臣は段家の奴婢でしたから、通例であれば、陛下のおそば近くに仕えるなど断じて不可能です」

「あたしはたいしたことは何もしておりません。夫が家付き奴婢で終わるのはもったいないなと思っていたから、結婚して段家の一員にして、陛下が即位する前に侍衛として推挙しただけです」

翠鳳は目を丸くした。

「それは完全に善祥のおかげだと思うわ」

「志青どのは庫真(こしん)となられ、さらには散騎常侍になられた……異例の立身出世です。南人では初のことですから、力づけられました」

工房の職人たちが茶を配ってくれる。それを受け取り、文傑はしみじみとつぶやいた。

「庫真？」

南麗では聞いたことのない役職への戸惑いを口にするや、志青が説明をはじめた。

「庫真は君主に仕える侍衛です。侍衛ではありますが、護衛としてだけでなく、生活全般の面倒をみます。南麗でいえば、宦官のように給仕に更衣(こうい)といった世話をしつつ、官人のように詔勅(しょうちょく)を扱い、地方の監察をも承(うけたまわ)る。すなわち皇帝の最側近です」

「庫真になれるのは、建国八姓の者だけ。八姓の中から家格が高く、優秀な子弟が選ばれるのです。庫真はのちのち文武の大官になるための足がかりといえましょう」

文傑がそう言ったあと、感嘆の息を吐く。

「陛下はお若く、柔軟な思考をなさるお方と存じます。そうでなければ、どれほど優秀であろうとも、庫真に南人を選ぶはずがありません」

「文傑どののおっしゃるとおり、陛下は聡明かつ思慮深いお方です。北宣において、我々南人の存在が日に日に大きくなっていることをよくご存じなのですから」

「まったくです」

文傑は碗の表に視線を落としてため息をついた。

「南人のことは南人に。そうはいっても、荷が重いと思うことが、最近しばしばです」

「何か問題でもあるのですか？」

翠鳳が彼の顔を覗くや、文傑は救われたような表情になった。

「元より北宣には、南人が多く住んでございました。晁の住民がすべて南に逃げたわけではなく、故郷を離れたくないという者もおりましたから。北宣は北族が樹立した国。それは確かなことなのですが――」

文傑が言い淀むや、志青が補足する。

「実のところ、北宣の住民を数えれば、その七割は南人というのが実情です。北族は武威でもって、この桂河より北の大地を支配している。しかし、この国の根っこを支えているのは南人なのです。その重要性を鑑み、陛下は南人も役人として登用するようになさっております。特に南人の多い地方は南人に担当させるというのが陛下のお考えなのです」

「では、崔さまも陛下のお考えで抜擢された方なのね」

「抜擢というほどのものではありませんが……」

文傑が照れくさそうに頭を掻いている。

志青が冷静に説明を続ける。

「ともあれ、南人の声は南人が聞いたほうがいいだろうというのが、陛下のお考えです」

「とはいっても、ここ最近の移民の多さには、いささか頭を抱えております。元からの住人と争議を起こしては、調停をしてばかりです」

「移民？」

翠鳳が首を傾げると、文傑は志青をチラ見した。

「申し上げていただいてけっこうですよ」

文傑は志青に促され、額に浮いた汗を袖で拭（ぬぐ）ってから話しだす。

「実は、数年前から南麗の移民が激増しているのです。特に、都の西方——岐州（きしゅう）あたりは如実に増加しております」

「それは、なぜ？」

翠鳳は純粋に疑問にかられて質問する。祖国であるにもかかわらず、翠鳳には南麗の情報が不足していた。たとえ宮城にいたとしても、官婢が耳に入れられる話などたかが知れているからだ。

「北宣に行けば土地がもらえる——昨今、そういう噂が南麗の民の間に流れているのだぞうです。南麗では、増税により税を払いきれぬ者たちが土地を貴族や豪農に奪われて小作人になる例が増えているのだとか。そういった者たちが、このままではジリ貧だと桂河を渡り、北宣に逃げてきているのです」

　あまりにも衝撃的で、翠鳳は思わず確認してしまう。

「南麗が増税を？」

「はい。皇宮の造営に戦費の増加。そのせいで税の負担が増しているのだと南麗から逃げてきた民は申しておりましたが……」

　翠鳳の脳裏に鑿(のみ)と槌の音がよみがえる。確かに、皇宮内を行き来するときに、いたるところでおこなわれる改修や増築が目に留まった。

（南麗の威信を九州(くにじゅう)に知らしめるため……。そんなことを誰かが言っていたわ）

　北宣は天下の中心・泰安(たいあん)を都とし、晁の後継を自認している。それゆえ、南麗は皇宮を、ひいては康京(こうけい)を天下の中心と呼ぶにふさわしい威容にして、北宣に対抗しようと躍起になっているのだろう。

（それが増税に繋がっているのだわ）

　ただでさえ軍事的には劣勢で、南麗は数多くの兵を国境に張りつけている。むろん、兵に飯を食わせるだけでも莫大(ばくだい)な金が必要だ。

　金をかきあつめようとして、結局は金蔓(かねづる)を逃がしているというのが、現在の南麗の状況なのだろう。

「それで、北宣が土地を与えるというのは本当なの？」

翠鳳の疑問に文傑が重いため息をついた。

「北族の内部で争いが続いていたころには、そういう政策を実施したこともあったそうです。戦のために人口が激減し、土地が余っていたため、耕す者が不足していましたから。しかし、まがりなりにも数十年平和が続き、北宣の人口は増えております。つまり、昔ほど土地の余裕があるわけではないのです」

「そう……」

南麗では噂が噂を呼んで、真偽の定かでない流言になっているのかもしれない。いずれにせよ、北宣にしてみれば対処が難しい問題になっているのは違いない。

翠鳳はさらに質問を重ねる。

「それで、移民と元々の住民との間に争いが起きているというのは――」

「もとから北宣に住まう南人にしてみれば、いくら同じ南人でも移民はよそ者です。そう易々と受け入れられるものではありません。一方、移民は移民で、住めるのは耕作に向かない土地ばかりと不満を抱いております」

「……それは困ったことね」

北宣では北族と南人が対立しているのかと思っていたが、ことはそう単純ではない。南人同士が争っているのであれば、それに対処する役人たちも苦労が絶えないだろう。

「北族は、南人のことは南人で解決せよと言うのが常。臣めがいるのは安西王さまの封地ですが、安西王さまにも取りあってはいただけないのです」

「それはなぜ？」

翠鳳の疑問を拾ったのは志青である。

「北族は遊牧を生業にしてきたせいで、土地に執着する南人がよく理解できないのですよ。北族は草を求めて草原を移動しつつ家畜を養います。しかし、南人は作物を実らせるために土地を改良しようとする。土地を捨てることをためらわない北族と、しがみつこうとする南人とでは、価値観がまったく異なるのです」

翠鳳はそれを聞き、うつむいて考え込む。

（価値観が違うのに、同じ国でやっていこうというのだもの。たいへんだわ）

話を聞いているだけで気が重くなる。翠鳳は茶を飲み、心を落ち着かせたあと文傑に視線を向けた。

「それで、龍骨車を頼んだのは――」

「移民の土地は水が乏しいところが多いのです。作物を育てるにしろ、水を撒くにも苦労が絶えない。そこで龍骨車を使い、問題を解決できないかと考えました」

「よい考えだと思うわ」

元々の住民と移民が争っていれば、州の統治は不安定になり、ひいては国にまで影響を及ぼす。文傑の行動は、国のためにも益になることだ。

「わたくしが持参した本も役に立てるといいのだけれど……。善祥、お願い」

「かしこまりました」

善祥は翠鳳が乗っていた馬に向かい、荷袋に入れていた書を持ってきた。

本を渡され、翠鳳は目当ての記述を開く。

「これは、父……ではなく、わたくしの親族がしたためた書なの。技術書とでもいうのかしら。色々な装置の作り方や、改良案が記されているわ。少しでも役に立てばいいのだけれど」

翠鳳の父は農機具や織機（しょつき）といった機械の設計図を書にまとめていた。

（機械の試作品を設置するために南麗中を飛び回っていた……）

今思えば、それが皇帝の不信を招いたのだろう。皇帝は順王府の下働きを捕らえ、彼らから謀反の証言を引き出したという。

（恨まれていたのよ、お母さまが）

官婢になったあと聞かされた。多くの者が、順王妃の横暴を罵っていたのだと。

「では、楊どのを呼んでまいりましょう」

文傑は近くにいた職人を呼び寄せる。ほどなくして、職人は舜範を伴って戻ってきた。

さっそく彼に書を見せると、彼は食い入るようにして龍骨車の設計図を見つめている。

「……どうかしら」

「なるほど、流水の力を利用して水を引き上げるということですね」

流れのある河川に設置する場合、流れを堰でせきとめ、その水を水車の下に流し、かつその羽根に当てることで回転をさせる。そうすることで水を筒に引き入れ、梘を通して田畑に導く。

逆に流れのない場所では、牛を使うのも有効だ。牛の力で輪軸を回転させて水を引き上げることになる。

「できなくはないかと思います。しかし、輪軸が滑らかに回りつつ、なおかつ耐久性を確保するとなったら、なかなか難しく……」

すぐに可能だと断言しないのは、職人としての誠実さのあらわれなのだろう。

「ならば、製造は不可能ということかしら」

「試作を繰り返せば、なんとかなるかもしれません。しかし、それにはその……先立つものが必要で……」

舜範が遠慮がちに口にした言葉を聞き、翠鳳はうなずいた。

「お金が必要なのね」

「売り物にならない試作品を製造し続けるわけです。その間にも、材料費や職人たちへの給金は欠かせません」

舜範の口調は慎重だが、だからこそ翠鳳は彼の不安を解消せねばと考えを巡らす。

「……お金なら、内廷費から出せないかしら」

内廷費は後宮の生活費だ。裁量は翠鳳にまかされている。

まかされるのはよいとして、困ったことがひとつあった。内廷費が多すぎるのである。

（後宮にはわたくしひとりなのに、内廷費は先帝のころから減っていないのですもの）

先帝の後宮には皇后を含めて十五人の后妃がいた。そのころの後宮で使われていたのと同じ額を翠鳳は下賜されている。当然のことながら多すぎた。後宮の侍女は減り、宦官も配置換えとなっているから使いきれるはずがない。

（それなのに、陛下は減らそうとはなさらない）

翠鳳は内廷費の減額を申し出た。ところが、永昊からの返答はそれには及ばないというものだった。

つまり、お金が使いきれずに残っていて翠鳳は困っているのだ。

「いいんじゃないですか」

善祥の返事は軽い。

「そう？」

「困っていらっしゃるんでしょう？　不要のお金を返納しようとなさっても、陛下が許してくださらないから」

「ええ」

金が余るなら服や宝飾品を新調していいと永昊は言うが、翠鳳は高価なものは要らないのだ。簪は一本でいいし、沓も履けなくなったら新しいものをつくればいいと思っている。

「心配でしたら、陛下にご相談をなさったらどうでしょう」

善祥の言うとおり、そのほうが筋を通したことになるだろう。

「もしも、お金をわたくしが用立てたら、工房で試作品をつくってくれる？」

「も、もちろんです」

喜びのためか、上ずった舜範の返答を聞き、顔を輝かせたのは文傑のほうだった。

「皇后さまが費用を負担してくださるなら、安心して取り組めますな」

「はい。文傑さまのおかげです」

「崔どののおかげではないでしょ」

善祥の指摘に、文傑も舜範も顔を見合わせて苦笑を漏らす。

「では、今後に関しては、連絡を取り合って進めてまいりましょう」

善祥がまとめ、全員が深くうなずいたのだった。


永昊は執務室で届けられた書類と向き合っていた。

筆をとり、各所から届けられた上奏文を読んで指示を記入する。

息をついて顔を上げれば、志青が吊り灯籠や燭台に火を灯していた。部屋に明かりが増えるにつれ、永昊の疲れも少しは軽減する。

「陛下、一休みされては？」

志青が穏やかに促す。

「いや、大丈夫だ」

新たな上奏文を手元に引き寄せる。西の国境沿いで起きた紛争についての報告である。ことの顚末および紛争での勝利、それに臨時の刺史の認定を求める上奏に応諾を記しつつ永昊はため息をついた。国の各所で問題は山積みである。

ふと頭に浮かんだ疑問を口にする。

「……翠鳳は、なぜあの工房に通うんだろうな」

「皇后さまは、北宣を豊かにしたいとおっしゃっていたそうですが」

「そうなんだが……」

永昊は筆に墨を含ませながら、沈思する。

「別に翠鳳がしなければならないことじゃない」

「機械がお好きなのでしょう。でなければ、龍骨車などに興味を示しませんよ」

志青は永昊が指示を記した上奏文を整理しつつ言う。

「……俺は政にかかわらせたくないんだ」

永昊がつぶやくと、志青が微笑みをたたえつつ首を左右に振る。

「それは難しいことです。皇后さまは、この国にいる南人の支えになられるはずですから」

「志青」

「南人はみな皇后さまを仰いで思うことでしょう。我らの気持ちを、皇后さまならばわかっていただけると」

志青の指摘を聞きながら、室内にいる庫真たちを眺める。みな引き締まった肉体をして、立ち姿にも隙がない。

志青を除き、全員が北族の名家の子弟である。庫真である彼らは、行く末は北宣の高官になるべく定められているといっていい。

武力の要（かなめ）である北族と民政上において無視できない南人のせめぎ合いがこの国に横たわる問題である。永昊が玉座（ぎょくざ）にある間、頭を悩ませ続けるのは明白だ。

入室した庫真が頭を垂れて報告する。

「陛下、皇后さまが面会をご希望ですが」

「すぐ通せ」

室内に静々と入ってきたのは、翠鳳である。

盆を手に、控えめにうつむき、しとやかな足取りで歩を進める。

襦裙を着て、腕には披帛をかけている天女のようにたおやかな姿だ。結い髪に黄金の歩揺冠を着けているが、歩くたびに葉の形をした歩揺が揺れて光を弾く。

南麗の公主は高慢ちきな女だろうと永昊は思い込んでいた。綾錦の衣裳をまとい、金銀宝玉で身を飾り、美食と珍味に舌鼓を打つ。永昊を蛮族と罵り、その瞳には常に北族への侮蔑が宿っているのだろうと想像していた。

しかし、翠鳳は違った。控えめで謙虚、温和で慎み深く、南人が女に望む婦徳をすべて備えている。だが、翠鳳はただ柔弱なだけではなかった。強風でも折れぬ柳のように芯は強い。

侍女たちを祖国に帰してひとりで敵国に嫁ぐと決め、皇太后に冷たく当たられてもかまわず通い続ける。

やわらかな微笑の裏にある強さに永昊は心を惹かれている。敵国に嫁いできた花嫁を、どんな女でも愛していこうと覚悟してはいたが、今では心から翠鳳を求めてやまないのだ。

翠鳳は楚々と歩を進める。几案の端に盆を置き、茶碗を永昊のそばに置いた。

「お茶ですわ」

「ありがとう」

翠鳳が淹れた茶を手にする。発酵させた茶は花のような香りを放ち、口に含めばほのかな甘みを残して気持ちよく消えていく。

翠鳳を見れば、向かい側に飾ってある風箏に目を留めている。

「まだ飾っていらっしゃるのですか？」

「もちろんだ。大事なものだからな」

翠鳳と共に直した風箏を、永昊は執務室に飾っている。

皇太后に修理した厨子を壊されたと善祥から報告があがったとき、永昊は風箏を手に翠鳳を訪れた。励ましたかったのだ。公主だというのに、ものづくりが好きだなどと不思議なことだと思ったが、永昊に指導をする彼女は純粋に楽しげで、愛おしさを覚えずにはいられなかった。

「翠鳳は教えるのも上手だったぞ」

「……そんなことはありませんわ。つくれないものも多くて……」

「職人ではないんだから、謙遜する必要はないだろうに」

「はい、そうなのですけれど、でも……」

翠鳳が視線を一瞬さまよわせた。永昊は首を傾げ、彼女を観察する。

唇を開きかけては閉じている。おそらく、言いたいことは他にあるのだ。

「翠鳳、何か話したいことがあるのか？」

できるだけ穏やかに聞こえるように問いかけると、翠鳳は目を見開いた。

覚悟を決めたかのように口を引き絞り、几案を挟んだ位置に移動する。

そこで翠鳳は両膝をつき、厳かに伏礼をした。

「陛下にお願いしたいことがございます」

神妙な口ぶりに驚き、勢いよく立ち上がってしまう。永昊は翠鳳のそばに寄り、右膝をついて、彼女の肩にそっと手を置いた。

「どうしたんだ、急に」

翠鳳は伏礼を解くと、永昊を緊張の面持ちで見据えた。

「……内廷費を別の用向きに使うことをお許しいただきたいのです」

「別の用？」

「は、はい。楊工房に龍骨車を改良させるためには多額のお金が欠かせないのです」

ひとまず永昊は翠鳳に立つよう促す。翠鳳は立ち上がるや、急かされるように説明をしだした。

南人の移民と、もとからの住民の間の諍いをなくすためにも、移民の生活にも目配りする必要があること。そのために龍骨車を製造し、彼らの畑作を支援してやりたいということ。

熱心に語る姿は、まるでこの事業にかける商人のようでもある。

永昊は戸惑いながらも翠鳳の説明に耳を傾ける。

心の内で、ずっと以前からくすぶっていた疑問が再燃しだす。

(……なぜこんなにも必死なんだ)

嫁いだ当初から、翠鳳は北宣の習俗に適応しようと躍起になっていた。馬に乗り、北宣の言葉を学び、こんどは工房を援助すると言いだした。

(正直なところ、こんな娘が嫁いでくるとは予想もしなかった)

南麗は北宣を軽侮している。これは揺るぎのない事実だ。これまで、何度約定(やくじょう)を反故(ほご)にされたかわからない。南麗の皇族や朝臣たちは、北族など獣と同じと蔑視(べっし)し、和平の取り決めを破ってきたこともしばしばだ。北宣もまた同じような考えを有し、南麗を詐欺師であり二枚舌、信用ならないと罵ってきた。

互いの皇族同士が通婚などしたことはなく、翠鳳を迎えるにあたって北宣の朝廷は紛糾(ふんきゅう)し、反対の声が優勢だったほどだ。

だが、永昊はその反対の声を押し切って北宣の公主を妻とした。

とはいえ、永昊は公主と仲睦まじくなれるとは想像もしていなかった。毎日北宣に嫁いだ恨み言を吐く妻をなだめるか、望郷の涙に暮れる妻を慰めるか、どちらかが永昊の役割だろうと覚悟していた。

ところが、翠鳳はそのどちらでもなかった。彼女は北宣になじもうとしている。北宣を故郷にしようと懸命なのだ。

「いかがでしょうか？」

翠鳳が膝を乗り出すように問う。永昊を見上げるまなざしは真剣で、固唾(かたず)を呑んで永昊の返事を待っている。

「……翠鳳。内廷費はおまえがほしいものを手に入れるための金だ。何もそんなことに使わなくてもいいんだぞ。絹や簪を用立てていいんだ」

翠鳳は永昊の返答を聞き、かぶりを振った。

「絹も簪も、陛下が用意してくださったもので十分です」

翠鳳は豊かな頭髪を飾る冠にそっと触れる。

「もう新しいものは必要ないのです。今でも、過分なほどに大切にしていただいて……おそれ多いくらいです」

翠鳳は立て板に水とばかりに要望を伝えていたとは思えないほど、肩を落としている。さながら、大輪の牡丹(ぼたん)が大粒の雨に打たれたようだ。

永昊のほうが焦燥を覚え、あわてて彼女を諭(さと)す。

「翠鳳、遠慮なんかしなくていいんだ。宮廷で気ままに過ごしていい。いくら贅沢をしようと俺はかまわないんだぞ」

翠鳳は永昊の発言を聞くや、眉尻を跳ね上げた。

「贅沢などできません。わたくしにはそんな資格がないのです。望むのは、北宣のために働くことを許していただきたいという一点です」

「皇后なんだぞ。別に何もしなくていい。宮殿でのんびり過ごせば――」

「わ、わたくしの望みは、宮殿でのんびり過ごすことではありません！　わたくしは北宣の皇后だと胸を張って生きていきたいのです！」

決死の覚悟を秘めた叫びに、永昊は黙りこくる。部屋が静まり返り、翠鳳は急に赤面した。

「も、申し訳ございません。わたくしったら、興奮して無礼にも口ごたえなどして……」

両手で顔を隠そうとするから、永昊は彼女の手首を摑んで、真っ赤な顔を正面から見つめた。

「内定費をどう使うかはおまえにまかせる。好きにしていい」

だが、永昊の言葉に、翠鳳はかぶりを振った。

「いずれ内定費は削減いたします。必要な額だけいただければ十分ですから。工房が軌道にのれば、別途に予算を立ててください。そうしなければ、筋が通りませんもの」

「あ、ああ」

理路整然とした説明にうなずくしかない。翠鳳は堅実で、その美徳は彼女自身を守ってくれるだろう。

（志青の言うとおりだ）

翠鳳は南人の公主である。北族も南人も、彼女に様々な視線を送る。

北族は彼女を敵国の女として警戒し、南人は我らの味方だと仰ぎ見るはずだ。

この国で生きていく限り、彼女は一生緊張をほどけないかもしれない。

「……翠鳳、すまん」

謝罪の言葉が漏れる。彼女の人生をすっかり変えてしまったことに、罪悪感があった。

「陛下？」

翠鳳が不思議そうにする。永昊は半端な微笑でごまかした。

「気を遣わせているな」

「いいえ、わたくしこそわがままを言ってすみません。でも、わたくしは楽しんでおりますわ。好きなことができているのですもの。……故郷では、できなかったことですから」

翠鳳の笑顔が、声が明るい。

それに救われた気になり、永昊はいずれは打ち明けるべき思いを呑み込んだ。

四章　草原の告白

数日後、翠鳳は朝から永昊に北宣語の書き言葉の特訓を受けていた。私室で卓を挟んで座り、筆に墨を含ませて紙の上に滑らせる。墨のゆかしい香りがふたりの間にたゆたって、房間は好ましい空気に包まれている。

「この場合だとその単語に敬意を表す接頭語をつける必要があるぞ」

「こうですか……」

翠鳳が書き加えた字を見て、永昊はうなずく。

「正解だ」

「よかった」

ほっとして字を眺める。覚えた字が増えてきて、文章が昔よりもだいぶ整ってきた。

「上達したな、翠鳳。正直、書き言葉には苦戦するかと思っていた」

「はい、やはり難しいですわ」

北宣は南麗の字を簡略化したような文字を使う。そこに北宣語の特殊な文法が加わるから、翠鳳にとっては難解なのだ。

「話すのは上達しているから、書くのもすぐにうまくなる。俺も官話を教わらないといけないな。書くのは苦手なんだ」

永昊が頭の後ろに手を当ててぼやく。

「そんなことはないと思いますけれど」

上奏文に記入した永昊の文章にまちがいはなかった。書くのも正確なのだ。

「長々書くと、だめなんだ。まちがってしまう」

「では、教えていただいたお返しをしますわ」

「よろしく頼む。……ところで、今日も皇太后さまのところに行くのか？」

心配そうに質問され、大きくうなずく。

「もちろんですわ。楊工房にも参りたいですし」

龍骨車の改良には翠鳳も参加している。部品になる木材にやすりをかけたり、鋸で切ったりしていると心が躍った。

「翠鳳のお目当ては、皇太后さまのご機嫌伺いではなく工房に行くことみたいだな」

永昊がにやっと笑う。翠鳳は喉に息を詰まらせた。

「い、いいえ、違います。その……ついでですわ、工房は」

目を白黒させてしまうから、永昊にはきっと悟られているに違いない。

（だって、楽しいもの……）

我慢していたものづくりを誰にも気兼ねなくできるのがうれしい。

職人たちと一緒に知恵を絞っているときは、自然と胸が弾んでしまう。

「いいんだ。翠鳳が生き生きしていると安心する」

「そうですか？」

永昊の情けが心の奥深くを潤(うるお)す。

これまで、翠鳳の真の望みはずっと否定されてきた。母は翠鳳がものづくりに取り組むことを嫌っていた。

鋸で木を切ろうものなら、母は獄卒(ごくそつ)の顔をして言った。

『そんなこと、皇族の娘がすることではないでしょう！　どうして自分の価値を貶(おとし)めるようなまねをするの⁉』

母の金切(かなき)り声は、翠鳳の耳どころか意識の奥底に突き刺さり、己の両手は母が認める教養の習得だけに使わざるを得なかった。

翠鳳は両手を広げて視線を落としたあと、永昊の顔を見つめた。

彼のまなざしには慈愛がある。燕(つばめ)の雛(ひな)が巣立つ姿を見守るようなぬくもりを宿しているのだ。

「龍骨車が完成したら、陛下にもお見せしますわ」

「期待している。改良がうまくいったら、設置を希望する州を募(つの)らないとな」

「はい」

永昊は翠鳳の個人的な嗜好(しこう)を認めつつ、政(まつりごと)にどう活かすかも考えている。

夫としても、皇帝としても、彼の判断を信じることができるのがありがたい。

「皇后さま、そろそろ参りましょうか」

控えていた善祥に促され、立ち上がろうとした翠鳳の手を永昊が握る。

「気をつけるように」

「すぐそこまでですわ」

心配しすぎだと翠鳳は苦笑する。

けれども、彼に大切にされることは、翠鳳の自信を醸成する妙薬だと認めずにはいられなかった。


馬に揺られて大願寺へと向かう。空は黒い雲に覆われ、今にも雨が降りそうだ。

翠鳳は空を見上げてから、横にいる善祥に話しかけた。

「草原にも雨が降るの？」

「もちろん降ります。あまりにもひどいときは、河が氾濫して草原が湖のようになるときもあるんですよ」

「それはたいへんね」

その際、牧民たちがどうなるのかが心配だ。

「草原はここよりもずっと気候が厳しいんですよ。夏は短く、冬は凍てつく寒さです。大雪でも降って地面が雪で覆われると、羊が草を食べられなくなって餓死してしまいます」

「かわいそうね」

「夏は最高なのですけれどね。皇后さまにも見せてさしあげたいですよ、真っ青な空と緑の草原の美しさを」

「わたくしも見てみたいわ」

泰安(たいあん)の北にある山を越えた先に広がる草原は、北族の故地だ。そこから南下して、大陸全土を支配する王朝樹立を目指しているのが北宣なのだ。

「馬を走らせるなら、草原が最高ですよ。狩りにも参加して、陛下たちを驚かせましょうね」

「そ、そうね……」

翠鳳は冷や汗をかく。馬はなんとか走らせられても、狩りとなると非常に怪しい。

大願寺に辿(たど)りつく。皇太后が住む宿坊に至ったとき、翠鳳は言葉を失った。

皇太后が宿坊の外の前庭に椅子を出して座っている。

皇太后の前にはひざまずく娘がいた。背を丸めて膝をつく娘の両脇には男がいて、彼女の肩を押さえつけている。周囲にも老若(ろうにゃく)問わず男がいて、異様な光景だ。

「どういうこと……」

善祥の手を借りて馬を降りる。

(何があったの)

娘は何かしら罰を受けているようだ。

「皇太后さま、これはいったいどういうことですか？」

翠鳳が声をかけると、彼女は気だるげに肘かけに肘をつき頬杖をする。

「皇后よ。そなたには関係のないことじゃ」

「でも……」

翠鳳は気になって娘のそばに寄る。彼女は手に短刀を握り、すすり泣いていた。

（なぜ短刀など持っているの）

もしや、皇太后を弑そうと企み、それを暴かれて捕らえられたとでもいうのだろうか。

だが、娘は細く、腕力はなさそうで、とても護衛の目をかいくぐれる刺客にはなれそうにない。

皇太后がそっけなく言い放つ。

「早くおし、采薇。再嫁しないなら、決意の証に顔を切り刻むがよい」

娘は采薇という名であるらしい。彼女に下された無情な命令を聞き、翠鳳は度肝を抜かれた。

（顔を切り刻む？）

信じがたい沙汰だった。そもそも、人に強いてやらせることとは思えない。

「皇太后さま、何があったかは存じませんが、あまりにもむごい――」

「お黙り。南人のそなたが口を挟むことではない」

皇太后にそっけなくつっぱねられ、翠鳳は唇を噛む。

だが、すぐに己を鼓舞し、皇太后をしっかりと見据えた。

「南人でも、わたくしは皇后です。事情をお聞かせくださいませ」

彼女が罪を犯したなら、罰を与えるべきだというのは理解できる。

しかし、何か理由があるなら汲んでやらねばとも思うのだ。

(皇太后さまはお強い)

ここにいる人間の中で、皇太后に対抗できうるのは翠鳳だけだろう。ならば、自分が采薇を守ってやらねばならない。

采薇が翠鳳を見上げる。面食らったような顔をする彼女に、翠鳳は微笑んでやった。

「しゃしゃりでるつもりなら教えてやろう。采薇は夫を失い、寡婦となった。北族は寡婦を一族で守る。夫を亡くしたならば夫の兄弟が寡婦を娶るのが道理じゃ。采薇には夫の弟、ふたりのうちのどちらかに嫁げと命じた。ところが、采薇は貞節を守るという。貞節を守るというならば、世に証を示さねばならない。その証が顔を切り刻むことじゃ」

皇太后の説明に、翠鳳は采薇を見下ろした。

南人の慣習からいえば、采薇の気持ちのほうがよく理解できる。だが、ここは北宣。北族の慣習しか通用しない社会だ。

「なぜ嫁ぎたくないの?」

翠鳳がたずねれば、采薇は涙をこぼした。

「……夫を忘れられません。それなのに、他の方に嫁ぐなんて、できません」

「強情な女だ。おまえを守るために嫁げと言っているんだぞ！」

「そうだ。ここでおまえをひとり残せば、幽氏は薄情だと謗られる。なぜ嫌だと言うんだ」

采薇の両肩を押さえつけている男たちが口々に言う。翠鳳はふたりに目を向けた。

「采薇とやらを自由にしていただくことはできないのですか？」

翠鳳は思わず問う。

采薇の右手にいる若者が翠鳳をぎろりと睨んだ。

「いくら皇后さまといえども、我ら幽氏のことに口を差し挟むのはご遠慮いただきたい」

無礼な発言に、翠鳳は息を呑む。だが、ひとつわかったこともあった。

（一族のことは一族で決める……。そういう社会なのだわ、北族の社会は）

皇后といえども口出し無用という認識なのだろう。だが、彼らの掟に翠鳳までが従えば、采薇を見捨てることと同じになってしまう。

「采薇の気持ちがわたくしにはよくわかります。皇太后さま、どうかお許しいただけませんか」

翠鳳は真摯に訴えるが、皇太后は口元に冷ややかな笑みを浮かべるだけだ。

「これは幽氏のこと。決められるのは妾のみ。そなたには関係ない」

「でも――」

「そんなに言うなら、そなたが顔を切り刻むがよい」

皇太后にあっさりと提案され、翠鳳は一瞬放心してしまう。

「あまりにもむごいお言葉です。皇太后さま、どういうおつもりなのですか⁉」

割って入ったのは善祥だった。彼女は翠鳳を守るように斜め前に立ち、代わりを務めるように皇太后と対峙する。

「段善祥。そなたにはかかわりのないことじゃ」

「皇太后さま。陛下は、たとえ建国八姓といえども勝手に刑罰を科すなというご下命をしたはず。皇太后さま自ら反するおつもりですか？」

善祥の反論を聞き、皇太后は蠅を追い払うように手を振った。

「段氏の娘など黙らせよ」

皇太后の命を聞き、幽氏の男たちが善祥を囲む。

「何をするの……ふぐっ」

善祥は複数の男たちに拘束され、口をふさがれている。

「采薇が哀れというなら、そなたが己の顔を切り刻み、代わりに証立てておあげ」

皇太后は両の口角を引いて意地悪な笑みを浮かべた。

翠鳳は立ち尽くすしかなかった。

「わたくしが……顔を……」

「采薇は、夫を、この間の南麗との戦で失った」

皇太后が出し抜けに放った一言に、刃を喉元に突きつけられた気がした。

「口先だけで許してくれなどとは誰でも言える。本気で采薇を救いたいというなら、皇后にも覚悟を示してもらわなければのう」

皇太后の声を聞きながら、翠鳳は何度も空唾を飲んだ。

（采薇がこんな目に遭うのは、南麗のせい）

南麗の皇子が身勝手な理由で仕かけた戦で采薇は夫を亡くし、再婚するか顔を刻むかの二択を迫られている。

（だけど、顔を刻むなんて、そんな……）

背に短刀を突き刺されたかつての痛みを思い出し、吐き気さえしてきて思わず手で口を覆う。

ぱらりと頰に雨粒が降りかかる。天を見上げれば、まるで涙のように雨が降ってきた。

「かわいそうだな、采薇。皇后さまはおまえを助けてくれないぞ」

「さっさと決めろ。嫁ぐか、それとも貞節を守るために顔を刻むか、どちらかを」

采薇を嘲る声が耳に刺さるようだ。翠鳳はこぶしを握った。

（わたくしは南麗から嫁いできた）

周囲から温かく迎えられた。誰よりも夫である永昊が大切に扱ってくれた。

だから、知らずにいたのだ。南麗との戦で確かに犠牲者が生まれ、苦しみを抱えている人間がいることを。

（わたくしが……できることは……）

翠鳳は采薇の前にすばやく移動し、彼女の前に膝をついた。それから、彼女が握っていた短刀をそっと奪う。

采薇は栗鼠のようにくりっとした目をさらに大きく見開く。

「こ、皇后さま？」

翠鳳は安心させるように微笑んだあと、皇太后のほうを向いた。

「皇太后さま。采薇は亡き夫を想い、再嫁を望まないと申しております。どうか、その願いをお聞き届けくださいませ。顔でしたら、わたくしが己の顔を切りますわ」

翠鳳は己の頬に両手で握った短刀の刃先を押し当てた。だが、呼吸を整えようとしたとたん、短刀をもぎ取られてしまう。

刃を握って強引に短刀をかっさらったのは、陵雲だった。

「馬鹿なまねをしないでくださいよ。俺たちの首を胴から吹っ飛ばすつもりっすか？」

「そ、そんなことはさせないわ」

翠鳳はあわてて首を横に振った。

雨足がますます強くなる。

刃を握っているものだから、陵雲は手から血を流している。手首を伝っていく血が水と混じってしたたる様を目にして、翠鳳の血の気が引いていく。

「りょ、陵雲。短刀を放して……」

そこに高らかな笑い声が響いた。皇太后が肘かけを叩きながら笑っている。

「……皇太后さま？」

「皇后よ。采薇が貞節を守るのを赦してやってもよいぞ」

「本当ですか、皇太后さま」

翠鳳は胸を撫で下ろす。皇太后も女だ。采薇の願いをようやく理解してくれたのだろうか。

「だが条件がある。皇后よ、そこにひざまずけ。そして、この雨を止めてごらん」

命令の意味が理解できず、翠鳳は目を瞠る。

「地上の皇帝に徳があれば、天はそれを感じて天候すら変じる。南人の言であろう。天が有徳の士を称賛するというならば、皇后も徳があると示さねばならぬ。人の上に立つ資格があると、妾に示してみせよ」

「何をばかなことを言って――」

抗議しようとした陵雲が幽氏の男に殴りつけられた。濡れた地面に叩き伏せられた陵雲を、男たちが毬のように蹴飛ばしている。

「や、やめて！」

翠鳳は真っ青になって叫んだ。彼に近寄ろうとしたが、采薇を押さえつけていた男が翠鳳の肩を押して、その場にひざまずかせる。

「皇太后さまのご下命に逆らうおつもりですか？」

「南人の皇后は、北族の皇太后を敬う気がないとみえる」

口々に言われ、翠鳳は覚悟を決めた。

翠鳳は皇后だ。翠鳳だけが采薇と陵雲を守れる。両膝をついて背を伸ばした。

「皇太后さま、わたくしが天へ祈ります。どうか、陵雲と采薇をお赦しくださいますよう」

雨が服に染みとおっていく。こめかみから雨の筋が垂れていく。

それでも皇太后を見据えれば、彼女は羽虫を追い払うように手を振った。

「陵雲を放しておやり」

男たちの暴力がやむ。しかし、陵雲は立ち上がれず、横たわったままうめいている。

采薇が立ち、足を引きずりながら陵雲へと近づいていく。

「陵雲、大丈夫なの？」

采薇は横たわる彼にそうっと触れ、声を震わせている。同じ幽氏に属しているし、知り合いなのかもしれない。

翠鳳は下を向いて息を吐いた。服はもはや濡れそぼり、寒さに身体が震えてくる。

目を閉じた。すると自然と父の姿が脳裏に浮かんだ。

（お父さま……）

石を、泥団子を投げつけられながら刑場に向かって歩いていた父を思い出す。後ろを行く兄弟の姿もだ。

弟は何度も転びかけては兵に引きずり起こされていた。兄は深く頭（こうべ）を垂れて表情を失っていた。

父の横顔は平静だった。血で濡れていても、常と変わらぬ冷静さを保っていた。

翠鳳は刑場の柵の外にいた。父を助けたくて、付き合いのあった商人に無理やり頼んで連れてきてもらったのだ。

だが、助命の言葉は口から出てこなかった。周囲の怒号がおそろしく、翠鳳は縮みあがっていた。

それでもだ。謀反（むほん）の罪状を読みあげられ、斬首が告げられたとき、翠鳳は天地がひっくり返ったような恐怖に襲われるのと同時に焦（あせ）った。

お父さまを助けなければ、と唇を開きかけたとき、ひざまずいた父と目が合った気がした。父の視線はまっすぐに翠鳳を射貫（いぬ）いた。

沈黙を強いるまなざしに、翠鳳は口を鎖（とざ）した。

それからあとのことは、はっきりと覚えていない。

かすかに覚えているのは、首と胴を切り離されてさらし者になった父と兄弟を遠目に見たことだ。

(……ごめんなさい)

父が沈黙を強いた。そう思っていたのは、己を欺いていたのではないか。

命惜しさに黙っていた。それを認めたくないがゆえに父が止めたと思い込んでいたのではないか。

気づいてから、翠鳳はずっと悔いている。己の卑怯と無力さをだ。

(わたくしは、何もできなかった)

ただ見ているだけだった。父と兄弟を失うときでさえ、黙って震えていた。

どんなに後悔しても家族は戻ってこないのに、翠鳳は肝心なときに何もしなかった。

頬を熱い水が伝っていく。

(雨がやむはずはないわ……)

翠鳳に徳などないからだ。かつては家族を見捨て、今は北宣の人々を騙している。

皇后になる資格などない。

膝から力が抜け、傾ぎそうになるのを懸命にこらえた。

これは罰なのだから、耐えなくてはならない。一生、北宣を偽り続ける翠鳳に天は怒っている。この雨は、その怒りの証だ。

結い髪は乱れ、雨を吸った髻は重い。服が肌に張りつき、手足の先の感覚はない。

もはや頬を伝う水が、涙か雨かわからなかった。

「翠鳳」

低い声が聞こえ、翠鳳は目を開けた。目の前に永昊が立っている。

「陛下……」

かすれた声を押し出した。

なぜ永昊がここにいるのかわからなかった。なぜ雨に濡れているのか、なぜ怒りをあらわにしているのかも。

膝の力が抜け、その場に崩れそうになる。仰向けに倒れかけた翠鳳を、永昊はあわてて膝をついて支えた。

彼は翠鳳を横抱きにして立ち上がる。

「陛下、濡れてしまいます……」

「しゃべるな」

永昊の声は明らかに上ずっていた。

彼は皇太后に向き合うと、怒りを押し殺した声をぶつける。

「皇后は連れて帰ります」

「まだ雨はやんでおらぬ。その娘に皇后たる徳はないぞえ」

皇太后の嘲笑を聞き、永昊は一言一言嚙みしめるように告げた。

「雨がやまないのは、皇太后さまが無情だからです。天が責めているのは、皇太后さまの薄情さですよ」

翠鳳は唇を震わせて、首を横に振った。

皇太后と義絶してはいけない。まして、翠鳳のためだなんて、絶対にだめだ。

「陛下、いけません……」

永昊は痛ましそうに翠鳳を見つめてから、小さくうなずいた。

「帰ろう、翠鳳」

翠鳳は彼に応じるようにうなずいたつもりだった。

けれども全身から力が抜けて、瞼(まぶた)を鎖(とざ)したとたん、意識は泥土(でいど)のような暗闇に沈んでいった。


それから十日後のこと。

翠鳳は坤安宮(こうあんきゅう)の居間に腰かけていた。

卓に朝食を並べていくのは大願寺で助けた采薇だ。用意された料理は深鉢に入った粥(かゆ)や羊肉の羹(しるもの)、湯葉(ゆば)の煮たもの、蒸した魚などやさしい味わいのものばかりだ。

采薇は深鉢から粥や羹を碗に移し、翠鳳に供する。

「皇后さま、どうぞ」

「ありがとう、采薇」

采薇は彼女の希望もあり侍女として翠鳳に仕えることになったが、諸事そつなくこなしている。

「皇后さま、ゆっくりとお召しあがりください」

「ええ」

粥を口に入れる。胃袋にほどよいぬくもりが染みる。

「具合はどうですか？　床から離れた直後は座っているだけでもおつらいはず」

「わたくしは大丈夫よ。もうすっかり元気だもの」

雨に打たれたあの日から、翠鳳は高熱を発した。意識は朦朧として、薬を飲ませるのも苦労したと聞いた。

永昊は時間があれば、翠鳳の様子を見にきたらしい。そばに座ってずっと手を握ってくれていたのだとか。

（ありがたいことだわ）

永昊は忙しい。それなのに、翠鳳を一心に気にかけてくれていたのだ。

采薇は蒸した魚をほぐし、骨をはずしてから小皿に取り分けてくれる。子どもにするような丁寧な仕事ぶりに、申し訳なくなるくらいだ。

「いっぱいお召しあがりください。今日は客人と会う日ですから」

「そうね。お腹が鳴ったらたいへんね」

「それもそうですが、体力がもたないと困りますでしょう」

「そうね、采薇の言うとおりだわ」

魚を口に入れつつ頰を緩める。

善祥が部屋に入ってきた。卓に近づき、采薇に命じる。

「お茶を持ってきてさしあげて」

「かしこまりました」

采薇はかすかな衣ずれの音をさせつつ部屋を出る。善祥が給仕を引き継いだ。

「食欲があって、安心いたしました」

「心配をかけたわね、ごめんなさい」

「肝心なときに皇后さまを助けられず……。本当に不甲斐なく思っております」

善祥は唇を嚙んでいる。

「いいえ、あれはわたくしがするべきことだったの。だから、善祥が謝る必要はないのよ」

采薇を守れた。それが翠鳳の心に明かりを灯す。

翠鳳が意識を失ったあと、皇太后は采薇を翠鳳たちに託してよいと言ったらしい。

彼女は翠鳳に仕えたいと言い、献身的に看病をしてくれたという。

今、采薇は侍女として働いている。彼女の再嫁をしたくないという願いを死守できて、翠鳳は密かに喜んでいる。

（ようやく、わたくしは誰かを守れた）

ほんの少しだが、自分は無力ではないと自信を深められた。

翠鳳は羊の羹を匙ですくう。ほろりと骨からほどける肉はやわらかく、羹の塩味はちょうどよい。身体の芯から力が湧いてくるようだ。

「わたくし、夢うつつに聞いたのだけれど、采薇と陵雲は青梅竹馬なの？」

「らしいですね。久しぶりの再会らしく、話が弾んでおりましたよ」

「そう」

「陵雲も浄身していなければね……」

善祥はそれだけ言って黙る。いつもは陵雲に当たりがきつい彼女も、その身に起きた不幸には同情しているのだろう。

「采薇には子どもがいるとも聞いたわ」

枕元で侍女たちがおしゃべりしていたが、采薇の夫は本当に南麗との戦で亡くなったらしい。子が三人いるが、幽氏が預かっているのだとか。

「まったく、あの娘たちはよけいなおしゃべりばかりして……。皇后さまのおっしゃるとおりです。ただ、本人は幽氏に預けたほうがいいと言っておりました」

「引き取らなくていいのかしら。皇宮に住まわせてもいいのに」

翠鳳がつぶやくと、善祥は首を横に振る。

「ひとりで三人も育てるのは、並大抵の苦労じゃありませんもの。しばらくは幽氏に預けてもいいのではありませんか？」

「そうかしら……」

母子が離れているのは、つらいことに思えてならないのだが。

「それよりあたしが疑問に思っているのは、采薇がどうしても再嫁を拒んだことです。あたしたち北族の女にとっては、ごくありふれたことですから」

善祥は湯葉を小皿に取り分け、翠鳳の前に差し出す。

「夫君をどうしても忘れられないからではないかしら」

「夫が愛しくったって、現実の生活を考えたら、そのまま幽氏の世話になったほうが楽です。采薇は幽氏の中でも評判のよい嫁だったようですから。働き者で気が利いて、縫い物も料理も得意だったとか」

「だったら、幽氏も大切にしたでしょうね」

嫁として理想的だから、あれほど強硬に再嫁を迫ったのだろうか。

「皇后さまにとっては信じられない話でしょうが、北族では再嫁するたびに女の地位に重みが増すのです。特に家長の正妻を渡り歩こうものなら、その女を娶ることこそが家を継ぐ正当性を得ることになりますから」

「それは南麗にはない考え方だわ」

南麗であれば、夫を失った場合、妻は独り身を守って余生を送ることを強いられる。身分が高い女の場合、婚約者を失ったとしても、夫を亡くしたのと同じように独身を貫かねばならない。この規範からはずれた場合、節操がないと責められるのである。

「だから、なんとなく腑に落ちないんですよ、あたしは」

善祥の言葉に、翠鳳は首を傾げる。

前提にしている常識をいまいち共有できていないために、翠鳳は違和感を覚えないのである。

「そうなのね……」

「まあ、働き者ですから助かっておりますけれど」

「そうね。わたくしもそう思うわ」

そこに采薇が茶を運んできた。足の運びはしとやかで、文句のつけようもない。

「皇后さま、どうぞ」

楚々とした所作で茶を目の前に出してくる。飲んでみると香り高くかつ適温で、感心してしまう。

「采薇、ありがとう」

「いいえ、当たり前のことですから」

采薇は瞼を伏せる。完璧な立ち振る舞いに、翠鳳は感心するしかなかった。


数刻後。

翠鳳は身支度を整え、大広間へと向かっていた。西方の国から使節を迎えるためで、必ず出席すると決めていた。

翠鳳が着ているのは、絹の襦裙である。黄金の歩揺冠と黄金の粒を連ねた耳墜という装いは豪華絢爛で、北宣の富貴を演出している。

采薇がそばを歩きながらささっと頬紅を足す。

「皇后さまのお顔は、少し暗いところだと青白く見えてしまいます。病気だと疑われてはいけませんから」

「ありがとう、采薇」

人の上に立つ者は、病弱だと思われてはならない。西方の使節に侮られるわけにはいかないのだ。

「采薇は気が利くっすねぇ」

翠鳳の前方を守っている陵雲が言う。

「皇后さまに助けていただいたのだもの。心からお仕えし、お役に立ちたいの」

陵雲に応じる采薇の声は、どこか気安い。

「立派だなぁ。俺とは大違いだなぁ」

「陵雲だって立派よ。皇后さまの信頼を勝ち得ているんだもの」

「信頼ねぇ」

ふたりのやりとりは軽快で、息が合っている。

（もしかしたら……）

陵雲が宦官にならなければ、ふたりは結ばれていたかもしれない。そう思わせるほどに仲がよかった。

「おっと、おしゃべりしてたらまずいっすよ。もうすぐお仕事の時間なんだから」

扉の手前に控えていた宦官が、翠鳳を見て広間に入る。来駕を告げられたあと、翠鳳は入室した。

永昊はすでに玉座についていた。袷の膝丈上衣と褲を着て黄金の小冠をかぶり、若々しくも威厳に満ちた姿だ。

翠鳳は采薇の手を借りて彼の隣に腰かける。

永昊はずいっと身を乗り出し、翠鳳の額に大きな手を当ててきた。

「熱はないようだな」

「……はい、大丈夫です」

永昊の手は熱いくらいだ。けれど、そのぬくもりは心地いい。

「無理をしてはいないか？　寝ていてもいいんだぞ」

永昊は心配そうだ。

「今日を楽しみにしていたのです。寝ていては後悔いたしますわ」

「後悔か」

永昊が暗い面持ちになる。

現実と夢とを行き来していたとき、彼の声を聞いた。

『おまえを求めて、すまなかった』と。

その意味はわからない。わからないけれど、永昊に悔いてほしくはなかった。

「北宣に嫁いでからというもの、南麗ではできなかった様々な経験ができますもの。わたくし、本当に毎日を楽しんでいるのです」

永昊は虚をつかれたような顔をしてから、微笑んだ。

「わかった。翠鳳がやりたいようにしていい」

「……ありがとうございます」

翠鳳は前を向いた。箱を手にした従者たちを引きつれ、使節が入ってくるところだった。

使節は壮年の男だった。四角に近い顔はよく日焼けしており、白い袍を着ている。髪は白い布を巻いて隠しているが、どうやら彼らが信じる宗教の教義に則っているらしい。

「皇帝陛下と皇后陛下に拝謁いたします」

使節は両手を床につき、平伏する。後ろにいる女もまたひれ伏していた。

「顔を上げよ」

「皇帝陛下のご寛恕に感謝いたします」

使節は臆する様子もなく頭を上げ、女もそれに続く。

翠鳳はふたりを見比べた。女は金茶の髪を結い上げ、珍しい翡翠色の瞳をしている。その瞳は興味津々といったふうに翠鳳に向けられていた。

「このたびはご成婚のお祝いに馳せ参じました。北宣と南麗の和平が成り立ったならば、我らも安心して行き来できます」

翠鳳は永昊を見つめた。彼は余裕に満ちた表情でうなずく。

「平和でなければ商売は発展しないからな」

「陛下のおっしゃるとおりでございます。こちらは我らの祝賀の品でございます。どうぞお納めください」

使節はそう言うと振り返り、背後に控えていた従者たちに合図を送る。従者のひとりが脇に侍していた陵雲に箱を渡す。

陵雲は箱を開けて確認し、翠鳳たちのもとにやってきた。

彼は箱を永昊の前に差し出す。中に入っていたのは瑠璃の塊だった。深い海の水のような色をした瑠璃はところどころに黄金の粒を抱えていて、まるで夜空のように輝いている。

「とてもきれいですね」

一度目にしたら忘れられない美しさだ。永昊が微笑んだ。

「何か装身具をつくればいい。なんなら自分でつくってもいいんだぞ」

冗談めかした言い方だが、翠鳳はつい声を弾ませた。

「いいんですか。では、誰か職人に弟子入りしなくては」

「で、弟子入り？」

使節が面食らったように言う。

「皇后はものつくりが趣味だそうだ。風箏も自分でこしらえるし、今は龍骨車の改良をしているぞ」

「そんなたいそうなことはしていませんから」

翠鳳はあわてて否定する。趣味の延長のようなものだから、妙な期待をされては困る。

「皇后さまにそのようなご趣味が」

「わたくし、ちょっと変わり者ですから」

かなり変わり者だと称するべきかもしれないが。

「瑠璃は宝石ではありますが、顔料にもなります。砕いて特殊な加工をすれば、草原の空を思わせる鮮やかな青の絵具ができますわ。何かの彩色にご入用であれば、どうかお申し付けくださいませ」

　使節の後ろにいる女が滔々と説明する。翠鳳は軽く身を乗り出した。

「その特殊な加工とはどうなさるのですか？」

　女は艶やかな笑顔になる、

「こちらの売り物ですから……簡単に申し上げるわけには……」

　どうやら秘密であるらしい。

「わかりました。では……こちらに恩を売りたいというときに、聞かせてくださいませ」

　翠鳳が言うと、女も使節も目を丸くする。それから、気持ちよさそうに破顔一笑した。

「皇后さまは可憐なお姿に似合わぬ交渉上手でいらっしゃる」

「そうでしょうか？」

　翠鳳は頬に手を添える。何気なく言った一言だが、どうやら彼らは気に入ったらしい。

「商人というものは物を売り買いするだけでなく、情報や恩義も売り買いするものですわ」

　女は商人であるらしい。翠鳳はがぜん興味を惹かれた。

「お訊きしたいのですが、北宣や南麗では西方の瑠璃や玻璃が高値で取引されます。特に玻璃の杯はとても人気の品です。西方ではどんな商品が人気なのでしょうか？」

「絹ですわ。南麗の絹は価値があると大人気です。軽く、しかも高価なので、金銭の代わりに使われるほどですわ」

「そんなに人気なのですか？」

翠鳳は驚いた。南麗の技巧を凝らした綾錦は確かに美しいけれど、思った以上の高評価に驚く。

「北宣の絨毯や織物はどうでしょうか。北宣の草原で育った羊の羊毛は質がよいと思うのですけれど」

絨毯や毛氈など手触りがよく、翠鳳は気に入っている。

女は永昊をちらりと見てから、遠慮がちに言う。

「正直、西方では羊毛は珍しいものではございません。絹とは比較にならないのです。なんといっても絹は生産が難しく、生産できても南麗の絹にはとうてい敵いませんから」

「そうですか……」

女の話を聞いているうちに、翠鳳は思いついた。

（……絹を北宣で織らせるのはどうかしら）

北宣にも南人がいる。南人の世界では、男は耕し女は織ると言われてきた。機織りは貴重な現金収入の手段であり、機織りが上手な娘は嫁ぎ先に困らないと言われるほどである。

（南麗の絹が高値で取引されるなら、北宣で絹を織らせて、それを売る手段を考えたほう

がいいのではないかしら）

それこそ自分が役に立ちそうな気がする。

「翠鳳？」

永昊に怪訝そうに名を呼ばれ、彼に明るい笑顔を向けた。

「わたくし、やりたいことがまた見つかりましたわ」

「あ、ああ。やればいい」

気圧されたような永昊から女に視線を向ける。

「参考になる話をありがとう。このあと、お茶をいかがかしら？」

もっと情報がほしかった。ならば、皇后の〝権威〟を振るわねばならない。

「皇后さまのお誘いをお断りなどできません」

女が深くひれ伏す。

翠鳳は胸の内を希望でいっぱいにしながら、うなずいた。


三日後、翠鳳は善祥や采薇を連れて、楊工房に行った。

楊工房では、試行錯誤を経て完成した龍骨車の試作機を一台、舜範のもとに送り出したばかりだった。職人を定期的に行き来させて整備させることも決まった。

まだまだ龍骨車の改良に取りかからねばならないのに、新しい仕事を持ち込むことはちよっとだけ気が引けるが、翠鳳は工房に入るなり舜範を呼んだ。

「織機をつくりたいの」

「織機ですか？」

舜範は当惑顔だ。

しかし、商人とした会話を話して聞かせると、納得したように何度もうなずいた。

「なるほど、織機をこちらでつくり、南人のいる地域へ普及させるというわけですな」

商人は、西方で人気のある絹織物の種類や柄について教えてくれた。

「たくさんの色糸を使って織った布が好みらしいのよ。南麗の最高品質の布がそうなのだけれど」

「となると複雑な装置になりますな」

「そうなの」

織機は経糸と緯糸を交互に組み合わせて布を織っていく機械である。

経糸と緯糸の組み合わせ方で文様ができ、色とりどりの糸を多く組めば、美しい文様がつくれる。もちろんたくさんの糸を使って布を織ろうと思えば構造は複雑になり、操作は難しくなるのだ。

「南麗では、高機といって大がかりな織機に何本もの経糸を通して複雑な模様を織るの。でも、そんな機械は北宣にないと聞いたわ」

京師で布を売る店で仕入れた話だ。北宣でも南人が絹布を織っているらしいが、地機という膝に乗せた簡単な織機で布を織っているという。

(南麗では、複雑な文様の布を織ってお金に代えようと絹織りが盛んなのに)

盛んであればこそ西方の商人のように高い金を出して絹布を買う人間が集い、なにより貴族たちが上質な布を求める。

だが、北族はそれほど絹を好まない。草原では、絹で仕立てた服より毛織物で仕立てた服のほうが身近だし、そもそも丈夫ではないという理由で絹は忌避されるそうだ。

となると、北宣に住む南人も、手のかかる布を織ろうという発想が浮かばない。

だが、西方の商人にも確認したが、北宣でも南麗で産する絹布に匹敵する絹布を生産すれば、取引に応じるということだった。

北宣の絹が浸透するまで南麗の絹よりも割安で売り、ある程度の支持を得たところで値を上げるという手もある。

北宣に住む南人の経済力を高めるためにも、翠鳳は織機の製造に取り組みたかった。

(南人が不満を抱いては、国が揺らいでしまうもの)

南人が北族と融和するといっても、生活が苦しいままでは不満を抱くだろうし、下手をしたら反乱が起こってしまう。想像するだけで、翠鳳は責任を感じてしまうのだ。

嫁いだからには、最大限の努力をしたかった。

「この織機はどうかしら」

翠鳳は父が書き残していた高機の設計図を見せる。糸を無数に綜絖に通す、複雑な構造の織機だ。

「試作品をつくってみましょうか。うまくいかなかったら、合間で修正をしてまいりましょう」

「そうね、それがいいわ」

舜範はむげに断らない。とりあえずは引き受けてくれるのがありがたい。

「わたくしにも参加させて。完成までどれくらいの手間がかかるか知りたいわ」

「わかりました。どうぞお好きなように試されてください」

舜範の言葉に甘え、翠鳳はさっそく張り切りだす。

「では、まずは模型をつくりましょう。大まかな完成形をつくって、目途を立てなくては」

「はい、はい」

自然と声を弾ませる翠鳳に、舜範は笑いながら倉庫に向かった。


十日後、翠鳳は楊工房で織機の試作品の製作に取りかかっていた。

工房の外で木材を鋸で切り、しゃがんで鉋をかけて整形していく。

一心不乱に作業をしていると、わくわくする。

（楽しいわ……）

何かに没頭していれば、過去の記憶、将来の不安、そんなことがすべてなくなる。

「皇后さま、お客さまですわ」

善祥に言われ、翠鳳は手を止めた。

工房の入り口に朱綺がいた。颯爽と馬に乗っており、遠目でも光を集めるような美貌がわかる。彼女は馬を降りるや翠鳳に近寄ってくる。

「朱綺さま」

「翠鳳さま、お元気そうでうれしく存じます」

北族式の礼をする朱綺に、翠鳳は自然と笑みがこぼれる。

「他人行儀ですから、よしてください」

「そうですわね。翠鳳さまとわたしは、親戚になりますもの」

朱綺は永昊の叔父の妻。翠鳳が皇后という身分を有していなかったら、彼女のほうが翠鳳より上の立場だ。

「何かおもしろいことをなさっていると聞きましたわ」

朱綺に言われ、翠鳳は立ち上がって微笑む。

「織機を試作しておりますの」

「そんなことをなさる皇后は、翠鳳さまだけでしょうね」

朱綺の手を引き、翠鳳は工房の中に案内した。

卓の上に織機の模型がいくつか置かれている。

「まあ、玩具のよう」

「でしょう。でも、これをつくらないと完成形が見えてこないのです」

指を入れて足踏みを動かせば、経糸を通した部分が上下する。何度も繰り返すと、朱綺が声を出して笑った。

「朱綺さま？」

「翠鳳さまがとても楽しそうなものですから、ほっとしておりますの」

「そ、そうですか？」

「ええ。お会いしてすぐにあんなことがあって。それなのに、わたしを受け入れてくださり、胸を撫で下ろしております」

朱綺は己の胸を実際に押さえて言う。

「……わたくしに毒を盛りたいのであれば、朱綺さまは侍女を止める必要はありませんでしたもの」

翠鳳がそう指摘するや否や彼女は真顔になる。

「あれからわたしの身辺を調査してもらいましたが、怪しい者はおりませんでした」

「それは……平陽王さまや朱綺さまのお命を狙う者がいなかったという意味ですか？」

翠鳳の質問に、彼女は大きくうなずく。

「わたしたちを罠にかけようとする者はいなかった。だとしたら、あれは翠鳳さまのお命を狙った企みかと存じます」

翠鳳は言葉を失い、束の間沈黙する。

「……わたくしの命を狙って、誰が得をするのでしょう」

翠鳳はひとりで嫁いできた。だから、犯人は北宣の者だろう。彼、または彼女が翠鳳の死を望むのはなぜなのか。

（南麗の事情を知っているなら、なおさらわたくしを殺しても意味がないと考えるはずよ）

南麗は、翠鳳が死んだところで困らない。彼らにとって、翠鳳は人質を取り戻すために仕方なく送った貢納品のようなもの。役目は終えたも同然だから、翠鳳を殺すとしたら、南麗の沽券にかかわると憤る者だけだろう。

（だとしたら、北宣人の誰かが犯人のはず）

犯人は、翠鳳を排除して和平を壊したいと望んでいるのだろうか。

「得か損かという話とは限りませんわ。翠鳳さまが北宣にもたらす変化を恐れる者かもしれません」

「変化？」

「……陛下が翠鳳さまを花嫁にしたのは、明らかな目的があるからですわ」

翠鳳は目をぱちくりさせた。

「目的？」

「はい。陛下は……ずっと北宣の制度に疑問を持たれていたのです」

「……もしかして、子貴母死の制のことでしょうか？」

翠鳳の質問に、朱綺は大きくうなずいた。

「そうですわ。陛下のお母上が落命する羽目になった慣習です」

いったんうつむいて考えをまとめ、翠鳳は顔を上げた。

「朱綺さま。陛下のお母上は、皇太后さまが入宮する際に伴った侍女だと聞いております」

「翠鳳さまのおっしゃるとおりですわ。陛下の実のお母上は皇太后さまの侍女でいらした。……北族の女が後宮に入る際に連れてくる、〝殺すための女〟です」

「なぜ、そんな慣習が必要か、わたくしにはわからないのです」

本心を吐露すれば、朱綺が嘆息した。

「母后が権力を振るわぬようにするためですわ。この国の男たちは実母を尊重し、実母以外の父の妻を母とみなしません。実母以外の女は妻になるかもしれない女ですから」

「北族の風習ですものね。正直、よくわからない感覚ですわ」

父の妻はみな母。翠鳳には、そういう南人の規範が心に染みついている。

「北宣を樹立後、紀氏が望んだのは母后に権力を握らせぬこと。すなわち、母后が庇護する外戚を排除したかった。それゆえの子貴母死です」

「でも、その母という存在が政に興味を覚えなかったらどうなるのでしょうか。何もする気がないとしたら」

「翠鳳さまのお考えはもっともですが、ある意味、流行り病にかかった人間を殺すのと似ているのです。病を周囲に振りまく前に殺せば被害が小さく抑えられる……そういう判断なのでしょう」

「……あまりにも残酷ですわ」

翠鳳は肩を落とす。

北族の世界は、南麗よりも女が自由に生きられると羨ましかった。しかし、実態は違う。北族の女だって、慣習で縛られているのだ。

「ですから、陛下はやめてしまいたいのだと思います。子貴母死の制を自分の代で撤廃したいのです」

朱綺は真剣だった。その顔を眺めていれば、心の中のぼんやりとした推論が形をなしていくのを実感する。

「……だから、わたくしは嫁いできたのでしょうか」

朱綺は、なぜか戸惑った顔をしてからうなずいた。

「おそらくは」

翠鳳は、虚空に視線を向ける。

(……わたくしは、陛下の条件を満たす女だから、嫁ぐことになった)

悲しくはない。もとより南麗では死んでもかまいはしないという粗雑な扱いを受けていて、北宣に嫁いだから救われたようなものだから。

翠鳳は織機の模型の動く部分に触れてみる。

(こういうものをつくってみたかった)

でも、南麗ではとうてい無理だっただろう。

「……わたくしは、北宣に嫁いでよかったと思っております」

朱綺を見つめて言う。いや、己の考えを整理するために口にする。

「自分だけに都合のいい世界など、この世にはありません。どこにいても何かに縛られる。でも、わたくしは北宣にきて、翼を得た思いでいます」

永昊は翠鳳の意向を踏まえて自由にしてくれる。馬に乗ることを、工房にいることを認めてくれる。それは、南麗では得られなかった境遇だ。

朱綺が慎重に問う。

「本当ですか?」

「ええ」

朱綺はしばし黙ったあと、翠鳳に手を伸ばしてきた。

「……わたしは翠鳳さまに感謝しておりますの。わたしでしたら、陛下の望みをかなえることはできなかったでしょうから」

「……朱綺さまは、陛下がお好きなのですか？」

いささか衝撃を受けてたずねた質問に、朱綺は声を出して笑った。

「好きじゃありません、青梅竹馬（おさななじみ）ですけれど」

「まあ、そうでしたの」

朱綺は肩をすくめる。

「本来ならば、わたしが嫁げと言われたのは陛下でした。でも、そうしたら、北族の風習に則（のっと）り、殺すための侍女を伴わなければならない。生け贄（にえ）を差し出すのはまっぴらだから、先帝に嫁いだのです。陛下という世継ぎがすでにいましたから」

朱綺の微笑に、翠鳳は悟る。彼女も北族の慣習に異議を唱えたかったのだ。けれども、八姓に属し、その既得権益（きとくけんえき）の恩恵に浴（よく）する彼女には難しかったのだろう。

「先帝のあとは、平陽王さまに再嫁しました。平陽王さまにも世子（せいし）がいて、わたしが後嗣（こうし）を産む必要はありませんでしたから。わたしはずるい女なのです。いつも気楽な道を探しているのですわ」

「そんなことはありません」

彼女の自嘲に翠鳳は首を左右に振る。きっと、朱綺なりに考えた末に出した結論だ。

「だから、翠鳳さまが嫁いでくださり、よかったと思っておりますの。南麗から嫁いだ和平の皇女を死に追いやることなどできませんもの」

朱綺は翠鳳の手を握る手に力を込める。励ましているような力だ。

(わたくしは大丈夫)

永昊は、翠鳳の行動を見守ってくれている。南麗にいたときとは違い、翠鳳は自由に呼吸ができているのだ。

「……わたくしは欲ばりなのです。子貴母死をやめるためにだけでなく、それ以外でもわたくしが花嫁でよかったと思ってほしいのです」

朱綺が驚いた顔をする。

翠鳳はこの国で生きていくのだ。胸を張っていられるための行動を今している。

「この織機を完成させ、誰かの生活を楽にしたいのです」

許されたいのだ。なんの存在価値もない翠鳳が皇后という身分を得ていることを。

「皇后の座に堂々とついていたいのです。だから、わたくししかできないことをしたい、そう思っております」

翠鳳の言葉を聞き、朱綺が翠鳳の手を放して模型に触れる。

「……翠鳳さまはご立派ですわ。そして、お強い。わたしの心配は杞憂だったようです」

「心配、ですか?」

「大願寺でのことを聞きました。それで心配していたのです。翠鳳さまが、北宣を嫌悪されたらどうしようかと」

「嫌悪はしませんわ。ただ、わたくしは、皇太后さまが同じ女性なのに再嫁を強いることが見ていてつらかったのです。せめて采薇の考えを理解してくださるかと思ったのに……」

翠鳳は肩を落とした。

「皇太后さまは昔から厳しいお方。きまりを守らせることに懸命でしたわ」

朱綺がいたずらっぽく目を輝かせる。

ちょうどそのとき采薇が入ってきた。盆に茶器をのせている。

「失礼いたしました」

「いいのよ、お茶を持ってきてくれたのかしら」

「はい」

采薇がうなずく。静々と歩いてきて卓の端に盆を置いた。

「お茶をお持ちするのが遅くなり、たいへん失礼をいたしました」

采薇は碗を翠鳳たちの前に置く。

「皇后さまにお助けいただいたのは、あなた?」

朱綺の質問に、采薇はうなずいた。

「はい、本当に救われました。皇后さまは命の恩人です」

　采薇のまなざしは翠鳳を慕っているような憧れを宿している。

　再嫁のきまりから解き放たれた采薇を見れば、この国の子貴母死の定めも永昊と協力してなくしてしまいたいと思わずにはいられなかった。


　十日後。

　翠鳳は楊工房の前庭で織機の土台を組み立てる作業をしていた。

　木槌で叩いて柱を組み合わせながら、翠鳳は舜範に話しかける。

「これでいい？」

「よろしゅうございます。次はこちらを」

　職人たちと動き回っていると、入り口にいた陵雲が誰かと話している姿が見える。

　陵雲は、困ったように頭を掻きながら近づいてきた。

「陛下がお越しっすよ。中に入れてもいいっすか」

「陛下が？」

　木槌を手に棒立ちする翠鳳に比べて、職人たちの行動は速かった。彼らはすぐにその場にひれ伏す。

　翠鳳は困惑しつつ永昊を出迎えた。

「陛下、どうなさったのですか？」

「翠鳳に会いたくてな」

「今朝もお会いしましたわ」

不思議に思いながら言うと、永昊が盛大に肩を落とした。

「……そうだな」

「今夜も明日もお会いできますのに、陛下はなぜ元気がないのですか？」

翠鳳は疑問を覚えてたずねる。永昊はパッと顔を上げ、うれしそうにした。

「そうだな。俺は翠鳳といつでも会える」

「なぜ、そこまでお喜びになるのかわかりませんけれど……ところで、何かご用でしょうか」

「織機を見にきたんだ。翠鳳がつくっているものを目にしてみたい」

永昊に言われ、翠鳳は自然と微笑みを浮かべた。

「では、どうぞ。わたくしがご説明いたしますわ」

翠鳳は上機嫌で彼を織機の前に立たせる。

「まだ土台しかつくれておりませんの。これから組み立てていく予定です」

「複雑なんだな」

永昊が顎をなぞりながらこぼす。

「複雑な布を織るためには、複雑な装置が必要なのですわ」

色糸や金糸銀糸を組み合わせて文様を織る。布の上に花を咲かせ、鳥を羽ばたかせる。その布がはるか西方の人々の装いに華やぎを添えるのだと想像すれば、胸が弾む。

(布をまとう人が喜び、織る人も生活が豊かになって喜ぶ……理想的だわ)

翠鳳は模型を持ってきて、彼に見せてやった。

「完成したら、このような姿になります」

「なるほど」

模型を目の端で観察しつつ、永昊は翠鳳の顔を見る。

「……わたくしの顔に何かついていますか?」

恥ずかしくて目をそらす。永昊は翠鳳を見つめすぎるのだ。

「何もついていない。ただ、楽しそうだと思っているだけだ」

「……楽しいですわ。今までは、こんな自由はありませんでしたもの」

うつむいて応える。

自分の両手を使って好きなことができる。これこそ、翠鳳が手に入れたかった自由だ。

「ならば、よかった」

永昊の声にはぬくもりがあった。まなざしにも包み込むような温かさがある。

(陛下が背中を押してくださるから、受け入れてくださるから……わたくしは挑めるのだ

わ）

　永昊が南麗に花嫁を求めたために、翠鳳はこの国にきた。

　奇縁としかいえないが、結んでよかったと心から思える縁だ。

「俺も手伝おうかな。翠鳳と一緒に作業をしたい」

「いえ、それは――」

　舜範が真っ青になってひれ伏す。

　怪我でもされたら困ると思っているのはまちがいない。

「陛下が作業をなさると、わたくしのやる仕事が減ります。すなわち、楽しみが減るということですわ。どうか、見守っていてくださいませ」

「翠鳳が言うなら、そうしていよう」

　永昊に見守られながら組み立て作業に挑む。あまりにも楽しいひとときで、夢中で手を動かしているうちに夕暮れになった。

「皇后さま、これ以上、遅くなってはいけません。帰りましょう」

　翠鳳はちらりと永昊を見た。彼は翠鳳を急かすこともなく、腰かけに座って黙って待っている。すっかり彼の厚意に甘えてしまったと内心で反省をする。

「そうね、帰りましょう」

　翠鳳は舜範に辞去の挨拶をしてから馬に乗って工房を出た。

永昊と並んで道を歩ませる。夕暮れの京師は、買い物や仕事を済ませた民が急ぎ足で帰宅の途についている。喧噪が城市全体を包んでいるかのようだ。

「しかし、翠鳳は手先が器用だな。工具の使い方も堂に入っているし、初めて使ったんじゃないとすぐわかったぞ」

「そうですか？」

白龍の背に揺られ、翠鳳は上機嫌で彼に顔を向けた。

「ここ最近、ずっと通っていますから、きっとそのせいですわ」

そのとき、翠鳳の目の端に背後からやってくる馬影が映った。馬を操っているのは明昊である。永昊は明昊に気づいてはいるようだが、気にせず翠鳳との会話を続ける。

「なるほど。それなら安心だが、怪我をしないようにしてくれ。鋸やら木槌やら危ない道具が多すぎる」

永昊の発言に笑い声が応じる。

「兄上の言うとおりだな。南麗から取り寄せた貴重な女だ。自慢の玉の肌に、瑕がついてはもったいない」

「明昊、なんの用だ」

「なんの用とはあまりの言いようだ。皇帝陛下を迎えにきたのに」

「おまえが？」

訝しげな問いかけを明昊は鼻で笑い飛ばす。

「敵国の女が一緒では心配だからな」

「……翠鳳は和平のために嫁いだ花嫁だ。誰よりも信頼できる」

「ははっ、兄上は南人女にすっかり籠絡されたみたいだな。さすがに、妻にするなら南人女がいい、南人のとびきり高貴な女と共寝したい、と公言していただけある」

明昊の放言に、翠鳳は束の間頭が白くなる。

（……子貴母死をやめるためと朱綺さまはおっしゃっていたのに）

志のためではなく、単純な肉欲のために翠鳳を望んだのだろうか。

まさかと思う心と、もしやと疑う心がせめぎあう。

「みなも言っていたぞ。兄上がすっかり落ち着いたのは、夜ごと南人女を愛でているおかげだろうと」

聞きたくもないからかい文句に、胸がざわつく。

「明昊！」

永昊は声を荒らげるが、明昊は平然と笑みを浮かべている。

「本当のことだろう。宮廷の人間ならみな知っている。兄上の宿願がかなってよかったと、噂し合っているぞ」

翠鳳は耳をふさぎたくなり、軽く前かがみになって白龍に脚を速める指示を出す。

距離を置きだすと、永昊はあわてた顔つきになった。

「翠鳳⁉」

「わたくしはお先に帰りますので、どうぞごゆっくり」

「待て、違うんだ」

みっともない言い訳は聞きたくない。なにより、周りの庫真たちの目からも逃れたかった。動揺しているのではない。ただ、落ち着いて考えをまとめたいだけだ。

隊列を離れる翠鳳を、善祥があわてて追いかけてくる。

「わたくし、ひとりで大丈夫よ」

「……存じておりますが、お供させてください」

善祥の申し出は、翠鳳を気にかけてのものだろう。

翠鳳は涙目でうなずくと、彼女と共に宮殿へと駆けた。


それから十日。

翠鳳は永昊とあえて距離を置いて過ごした。永昊が北方にある鉱山の落盤事故の対処に忙しいのを幸いに、工房に通って織機の製作に根を詰めた。

(明昊さまのおっしゃっていたことは本当だった……)

永昊は妻にするなら南人女だと事あるごとに口にしていたらしい。実際に耳にした者は多数いて、高貴な南人女を組み伏すのが夢だと語っていたのだとか。

（そんなことのためにわたくしを娶ったなんて……）

だが、翠鳳だって胸を張って彼を責められる立場にない。公主(こうしゅ)でないのに公主だと偽って嫁いできたのだから。

どうしたって感情が荒ぶり、木槌を鳴らす音も高く強くなってしまう。鉋で無駄に木を削りすぎてしまう。

「皇后さま、そんなに削っては、木材が細くなりすぎてしまいます」

「……ごめんなさい」

心配そうな舜範に応じるや、善祥が翠鳳の手を引いて卓に案内した。

「皇后さま、どうかお休みくださいませ。お茶でも飲んで」

「……そうね」

翠鳳は出された碗に口をつけた。発酵させた茶はよく熟成されていて、燻香(くんこう)が好ましい。

翠鳳は土間で作業する職人たちをぼんやりと見つめる。

「皇后さま、噂話など信じるに値(あたい)しません」

「そうね」

「皇后さまは、陛下にとって大切なお方です。どうかお疑いになりませんよう」

「大切よね。わざわざ南麗から取り寄せた娘ですもの」

なんだか嫌味のような言い方になってしまった。ざわつく心をなだめようと茶を飲んでみたが、一向に効果がない。

（どうして胸が痛いのかしら……）

和平のための花嫁であり、それ以上でも以下でもない。どんな思惑があるにせよ、永昊が南麗との関係を断ち切ろうと思わない限り、翠鳳の立場は守られるだろう。

そう己に言い聞かせるのに、祝いの席でお悔やみを聞かされているような違和感が拭えない。

「それだけではありません。陛下は皇后さまを唯一の妻にすると、思い定めていらっしゃいます」

善祥は翠鳳の前に両膝をつき、碗を持っていない方の手を握ってきた。

「陛下にとって、皇后さまはこの世でもっとも大切なお方です」

善祥の言葉を聞き、翠鳳はますます胸が痛んだ。

（……わたくしは悲しいのだわ）

本心を覗けば、南人女だから翠鳳を娶ったのだと言われて失望した。誰でもよかったのだと言われているのも同じだからだ。

（わたくしだから娶ったのだと望まれたいのよ）

身勝手で、口にするのは恥ずかしい願望だ。

「わたくしは他に妃がいても大丈夫なのよ、善祥」

「全然、大丈夫な顔ではありません。あたしの心配は募るばかりです」

善祥の訴えに、翠鳳は肩を落とした。

ただのわがままであり、自分の思いどおりにならないから拗ねているだけだ。

翠鳳が黙っていると、善祥が立ち上がる。

「……陛下は落ち込んでいらっしゃいます。傍目に見ても、ずいぶんな力落としです」

「そ、そんなに力を落とすのは変だと思うのよ」

「落としますよ。妻は皇后さまおひとりなのに」

「違う方を後宮に入れていただいていいのよ。わたくしは、文句など言わないわ」

翠鳳が抗弁すると、善祥がじっと見つめてくる。

「本気ですか？」

「ほ、本気よ」

翠鳳は顔をそらした。

とはいっても、実行されたら、永昊に対してさらに心を鎖すだろう。

「せめてお話をしてください。ずっと避けていらっしゃるでしょう？　陛下が嘆いておられましたわ」

「そうなの？」

翠鳳は内心気まずい思いになる。確かに意図して永昊と対面しないようにしていた。

明昊が語っていたことは本当だと打ち明けられたら、心がもたないような気がしていたのだ。

「どうか宮殿に戻ったら陛下とお話をしてください。誤解を解いていただきたいのです」

善祥の訴えに、翠鳳はためらった挙げ句にうなずく。

こうしてふさいでいても、何も変わらないのだということは、薄々わかっていたからだ。

十八日後。

翠鳳は馬上の人になっていた。馬に乗って眺める光景に、目を瞠る。

「すごい……」

目の前には草原を駆ける馬群があった。鬣（たてがみ）をなびかせて走る牡馬（ぼば）の後ろには牝馬（ひんば）が何頭も付き従っている。

遠くには木々で覆われた山が連なり、そこから足元まで緑の草原が広がっている。

「本格的な夏になったら、草原にも花が咲く」

隣にいる永昊の説明に、ぎこちなくうなずいた。

「そ、そうですか。見てみたいですわ」

ふたりの間に流れる空気はよそよそしい。

永昊がじっと横顔を見つめているのがわかり、翠鳳は目をそらす。

「草原はすてきね、善祥」

「本当に。いい空気ですね」

善祥は深呼吸をしてから言う。草の匂いを含んだ空気は、肺の底にまで吸い込みたくなるものだ。

「ただ、京師に比べて風は冷たいですね。皇后さま、寒くはございませんか？」

「大丈夫よ」

綿を入れた膝丈の上衣を着ているから、心地よくささえ感じる。

夏にさしかかる時季だというのに、京師の北西にある草原に吹く風はぬくもりがない。

『牧民の生活を知りたいと言っていただろう。一緒に草原に行かないか』

永昊に誘われ、翠鳳は承諾した。

彼の仕事がひと段落してから八日の旅程を経て到達した草原の光景はすばらしく、頬を撫でる風は爽快だ。

それなのに、心の一部に靄がかかっているのが悲しい。

（……おとなげないわ）

いいかげんに永昊との仲を修復しなければと思う。そうしないと、周囲の人間だって困るだろう。

わかっているのに、わだかまりがどうしても消えない。

「あの馬たちは、軍馬にするのですよね」

気まずさを取り繕(つくろ)うように翠鳳が永昊にたずねると、彼はうれしそうにうなずく。

「そうだ。そのために育てているからな」

北宣は国営で馬や羊を飼育している。馬は軍馬にするが、羊は食用はもちろん、刈った羊毛を兵に支給する衣服や布団にするらしい。国が飼育する馬や羊は牧民に預けられているという。

「あの牡馬は誰が乗るのですか？　立派な鬣ですもの。陛下がお乗りになるのですか？」

翠鳳は、群れの先頭を走る馬を指さしてたずねる。永昊が声を出して笑った。

「あれは種馬だから乗らない。気性が荒いからな」

「立派な馬なのに？」

「馬は本来、一頭の牡馬が多数の牝馬を従えているものなんだ。あいつは足が速くて、しかも長時間走れる優秀な馬だ。できるだけその気質を受け継がせたいから、種馬として選ばれた。馬の中の皇帝みたいなもので、俺だって振り落とされるぞ」

冗談めかした言葉に、翠鳳は感心しつつ、牡馬の姿を目で追う。

青毛の馬は筋肉隆々で、堂々たる押し出しは他の馬と違うと遠目でもわかるほどだ。

付き従う牝馬は、後宮の妃嬪(ひひん)のようなものなのだろう。

走る馬の隊列から離れた一角では、牝馬と仔馬の集団が草を食んでいる。のんびりとした光景に、胸の内が洗われた気になる。

「気に入った馬がいたら、翠鳳の馬にすればいい」

永昊の言葉を聞き、翠鳳は目をぱちくりさせた。草原にいる馬と、自身が今現在またがっている白龍とを見比べる。

「いえ、わたくしには白龍がいますから」

「白龍はたいした馬じゃないぞ」

永昊の言い方に頬を膨らませる。

「たいした馬ですわ。わたくしには大切な馬です」

翠鳳は白龍の首筋を撫でてやる。白龍はおとなしく、されるがままだ。

利口で温和な性質の白龍の存在に、翠鳳はずいぶんと救われている。

「……翠鳳は愛情深いんだな」

永昊の感嘆に、翠鳳は面映ゆい気持ちになった。

「愛情深いのではなく依存心が強いのですわ。白龍に頼りきりなのです」

他の馬だったら騎乗が下手な翠鳳を振り落とすかもしれない。だが、白龍は我慢してくれているし、その辛抱強さに救われている。

「そうか。翠鳳は白龍と切っても切れない縁を繋いだんだな」

「はい、そうですわ」

翠鳳は白龍の鬣を撫でながら答える。

「俺だって、翠鳳とは切れない縁を繋いだんだと思っている……いや、思いたいんだ」

真剣なまなざしに、呼吸が喉の奥に詰まる。

「そ、そうですか……」

翠鳳だって、そう思いたい。なのに、素直に肯定することができない。

草原を風と戯(たわむ)れながら走る姿を心からうらやましく思いながら、翠鳳は馬たちを見つめていた。


夕刻。

翠鳳は牧民の天幕にいた。中央に置かれた暖炉には火が入れられ、日が落ちると急速に寒くなる草原にいても居心地よく過ごせる。牧民は移動生活のため調度は少なめだが、床は下敷きがあり、その上に敷いてある絨毯は毛足が長く、床に座っていてもくつろげる。

永昊や善祥と車座になり、出された夕餉(ゆうげ)に舌鼓(したつづみ)を打つ。

新鮮な羊の乳を使った奶茶(ミルクティー)は臭(くさ)みもなく、濃厚な発酵茶を乳がまろやかにして飲みやすい。一口飲んで、翠鳳は満足の息を吐く。

「おいしいわ」

「なぜかはわからないんですが、京師よりもこっちで飲む奶茶のほうがおいしく感じられるんですよね」

善祥の感想に翠鳳も同意する。

「わたくしもそう思うわ」

「ですよねぇ」

碗を地面に置いてから、皿の上に盛られている料理に目を移す。挽いた羊肉を小麦の皮で包んで茹でたものや香ばしく焼いた羊肉が並んでいる。

正直、南麗の皇族や貴族のほうが美食にふけっていることだろう。しかし、翠鳳は北宣の質素な食事を好んでいた。

なにより羊は財産であり、牧民でもめったに食べられるものではないと聞く。肉を饗されるのは、財産の一部を割いて歓待されているという証で、ありがたいことなのだ。

翠鳳は、感謝をしながら脂の旨みが染み出す肉を嚙みしめる。焼いた肉の香気が鼻に抜けていった。

「翠鳳、うまいか？」

永昊に問われ、翠鳳はうなずいた。

「はい、とてもおいしいです」

「ならば、よかった」

永昊が温かなまなざしを向けてくるから、翠鳳は頰を染めてうつむいた。

「……そんなに見ないでくださいませ」

食べてる最中にじろじろ見られるなんて恥ずかしすぎる。

「陛下ったら。少しは気を遣ってください」

「翠鳳がおいしそうにしている様を楽しんでいるだけだぞ」

「それでも、一瞬も見逃すまいと凝視されたら、皇后さまが困りますよ」

言い合うふたりを眺めているうちに胸の内が凪いでいく。

語らいながら食事を摂る穏やかなひとときは、故郷ではもう味わえないものだからだ。

和やかに食事を終えたあと、翠鳳は永昊に誘われ、馬に乗って散歩に出た。

もちろんふたりきりではなく、翠鳳たちの前後を善祥や庫真たちが守っている。

空は紺色の天蓋で覆われ、瞬く星が金銀の光を放っている。西の空には橙の光がわずかに残っており、体感ではあるが、京師よりも夜の訪れが遅い気がする。草原には畜獣もおらず、乗っている馬たちの鼻息や草を踏む音が聞こえるだけだ。

静けさに圧倒され、翠鳳はひそめる必要もないのに声を落とした。

「どこに向かわれるのですか?」

翠鳳の質問に、永昊はのんびりと答える。

「風景のきれいな場所だ。翠鳳に見せたい」

「楽しみですわ」

草原の夜は一枚よけいに着ないといけないくらいに気温が下がる。けれども、空気が清々しく感じられ、気持ちがいい。

「そうか……」

明るく答えたつもりだったのに、永昊は沈黙してしまう。何か言い淀むような気配を感じ、翠鳳は首を傾げる。

「何かありましたか？」

「いや……」

永昊は言葉を飲み込む。

「まもなくです」

前方を進む庫真が声をかけてくる。

彼らに導かれるようにして至ったのは、なだらかな丘の頂上だった。

丘の下には湖が広がっている。頭上の星が湖でも瞬き、美しさに翠鳳は言葉を失う。

しばし黙して、目の前の風景を眺めた。

馬がぶるりと息を吐く音だけが響いている。

横にいる永昊が先に馬を降りた。彼にならって翠鳳も馬を降りる。

並んで湖を見つめる。西の空の残照は、もう藍色の闇に呑み込まれてしまいそうだ。

永昊がぽつりとつぶやいた。

「きれいだろう」

「はい。とても美しい眺めです。わたくし、圧倒されました」

率直に感嘆を吐き出す。

「よかった。この光景を翠鳳に見せてやりたかった」

「ありがとうございます。わたくし、とてもうれしいですわ」

心からの感謝を告げると、永昊が翠鳳の手を握ってきた。

「陛下？」

「……傷つけてすまない」

まっすぐに見つめられ、翠鳳は息を呑んだ。

「い、いいえ、わたくし、傷ついてなどおりません」

その強がりを否定するかのように、永昊が握った手に力を込める。

「おまえは今まで十分傷ついてきただろう。それなのに、俺はおまえの心をさらに痛めつけた」

彼を見つめて唇を開こうとしたが、震えてしまってうまく言葉が出てこない。

「……最初に言わなければならないが、俺が南人女を妻にしたいと吹聴（ふいちょう）していたのは、本当だ」

永昊の告白に、翠鳳は唇を噛む。やはり、南人女への興味から翠鳳を妻にしたのだろうか。

「でも、それは結婚を避けるためだ。そう言いふらさないと、北族の女を娶らないといけないから――」

「なぜ、北族の娘との結婚を断ったのですか?」

翠鳳の質問に、彼はいったん下を向いてから直視してきた。

「そうでもしないと、北族の女たちは自分の代わりの奴婢を連れて嫁いでくる。俺の母上のように〝殺すための女〟だ」

そう言う永昊の表情は苦しそうだった。

(……陛下は傷ついていらっしゃる)

自分の母親が死を賜ったことにだ。

「俺が前例どおりに北族の女を娶れば、その女もまた前例どおりにするだろう。そうしたら、俺は妻を殺さないといけなくなる。それはどうしても嫌だった」

「だから、南麗の女を妻にしたいとお考えになったのですね」

翠鳳はようやく合点がいった。

(犠牲を出さないようにするために、南麗の公主を妻に望んだ)

公主を妻にすれば、周囲も簡単に殺せと言えないはず。そう仮定して、和平のためという口実を設け、南麗の公主との通婚を望んだ。

「……そうだ。俺には殺せない妻が必要だった。何もしていないのに、将来の禍根を絶つためという名目で殺される母上のような女を新たに生み出さないために」

翠鳳は彼と向き合う。

「お母さまは、どんな方だったのですか？」

翠鳳の質問に、永昊の瞳が揺れた。

「……ただひたすらやさしい方だった。手ずから俺が食べるものを用意し、俺の服を仕立てた。俺の背が伸びれば、目を細めて喜んでくれた。長男である俺が無事に成長するということは、俺が立太子され、自分が殺される可能性が高まるだけなのに」

苦しげな永昊の返事を聞き、翠鳳の頭に柔和な女性の姿が浮かぶ。

息子の無事の成長を祈って、服の裾を伸ばす母の姿だ。

「以前も言ったが、俺が立太子された日に母上は死を賜った。俺が一番感謝を伝えたいその日に、母上は死んだんだ。それからずっと考えている。俺が皇太子にならなければ、母上は死ななかったのだと」

「陛下のせいではありません」

翠鳳は彼の手を己の手で包む。

「この国のしきたりが陛下のお母上の命を奪った。だから、陛下のせいではありません」

永昊は皇帝という至尊の地位につくために、母の命を犠牲にする羽目になった。

（わたくしを妻に望んだのは、慣習に逆らうため）

翠鳳は、無理やりにこの国に嫁がされたのだと永昊を恨む資格があるのだろうか。

（……いいえ、恨むわけがないわ）

南麗で、翠鳳はいつ死んでも惜しくないという扱いを受けていた。北宣に来て、翠鳳は自分の人生と呼べるものを送れるようになった。

感謝こそすれ、恨むはずがない。

（なにより、わたくしは公主ではないもの）

南麗の高貴な女どころか、官婢である。公主と偽って永昊を騙しているのであり、むしろ、そのことで翠鳳の方が恨まれても仕方がないのだ。

「翠鳳？」

怪訝そうにする永昊を翠鳳はまっすぐ見つめる。

彼が本心を打ち明けてくれたなら、翠鳳も真実を語らねばならない。

「……わたくしは陛下にお詫びをしなければなりません」

「なぜ詫びるんだ？」

不思議そうにする永昊に、翠鳳は恐怖を抑え込んで告白する。

「わたくしは公主ではありません。偽者です」

「偽者？」

「わたくしは官婢です……いえ、官婢でした。皇族だった父が処刑されて、兄弟も殺されて、お母さまも……」

そこまで口にしたところで、涙があふれてきた。

頬を伝う涙に、込み上げてくる嗚咽に、言葉が出てこない。

永昊は翠鳳を抱き寄せ、背中に腕を回してくる。懐深くに収められ、翠鳳は彼の胸に顔を埋めて泣いた。

（ごめんなさい……）

ずっと後悔していた。父を、兄弟を、助けられたのではないかと。母の自死を止められたのではないかと悔やんでいた。

永昊は何も言わず、翠鳳の背を撫でてくれる。悲しみを受け止め続けてくれる。

涙が落ち着いてから、翠鳳は彼を見上げた。

「……すみません」

永昊は翠鳳の涙を指で拭い、質問してくる。

「なぜ、父上は処刑されたんだ？」

翠鳳は息を乱して答えた。

「……謀反を企んだと。でも、お父さまはそんなことを考える方ではありません。陛下に心からお仕えしていました……いえ、したはずです」

「冤罪を被ったということか？」

「……少なくとも、わたくしはそう信じています」

「翠鳳の母上も巻き込まれたのか？」

永旲の質問に、再び込み上げてくるものがあった。

「母は……自死しました、首を吊って……。わたくしは薄情な娘です。母に一緒に死のうと誘われたけれど、勇気がなくて……」

すべてを打ち明ける前に、彼が翠鳳の肩を摑んだ。

「おまえに勇気がなくて、よかった。そうでなければ、会うことなどかなわなかったから」

温かなまなざしに、新たに涙がこぼれてくる。

「陛下……」

「勇気がなかったなどと己を責めなくていい。むしろ勇気があったからこそ、北宣にひとりで嫁いでこられたんだ」

「で、でも、わたくしは偽者で……」

「偽者？　俺の前に立っているのは、誰よりも皇后にふさわしい強くてやさしい娘だ」

永旲の励ましに、翠鳳の心が凪いでいく。

（わたくしは、わたくしを赦していいのかしら……）

無力な自分をずっと許せなかった。刑場を歩かされる父を見つめていたとき。周囲の罵声が怖くて、家族のための命乞いの言葉を口に出せなかった。

(お母さまのときは、もっとひどかった)

母の絶望に寄り添えなかった。ひとりで黄泉路を下らせた。それはずっと悔恨の元だったのだ。

永昊は、翠鳳の涙を掌で拭ってから言い聞かせる。

「南麗の高貴な女がほしいと言っていたのは事実だ。南麗の公主なら、どんな女でもいいと思っていた。だけど、俺はまちがっていた。翠鳳だからよかったんだ。翠鳳以外の女を娶ろうなどとは思わない」

彼の真摯な告白を聞き、翠鳳の両目から止めどなく涙があふれる。せっかく泣きやめそうだったのに、ひどいと思わずにはいられなかった。

「なぜ泣くんだ?」

永昊があわてている。そんな彼の姿を見れば、さらに泣いてしまう。

「……うれしいんです。うれしいから、涙が出てしまうんですわ」

永昊は当惑したような顔をしたあとに翠鳳を強く抱きしめた。

「……俺たちは無力だった」

永昊のつぶやきに、翠鳳も同意する。

「ええ、そうですわ」

「だが、もう無力じゃない。一緒にいれば、そう信じられる」

永昊の言葉を聞いて、翠鳳は感慨深かった。

「わたくしも同じです。陛下のおそばにいれば、勇気を得られます」

ふたりとも心の中で大切な人にずっと詫びていた。助けられなくて申し訳ないと。

けれども、今は違う。ふたりとも、誰かを守る力を持っているはずだ。

（もう怖くない……）

きっとふたりならば子貴母死の制を乗り越えられる。

永昊の子を授かったとしても、末永く幸せな家族でいられるだろう。

「翠鳳、ずっとそばにいてくれ」

永昊がすがるように翠鳳を抱きしめ続ける。

翠鳳は彼の背に腕を回し、想いに応えるように力いっぱい抱きしめ返した。

五章　草原の花嫁

京師(けいし)に戻ると夏になっていた。昼には汗がしたたり落ちるように気温が上がる。しかし、乾燥している北方では、日陰に入るといくぶん過ごしやすい。湿度の高い南麗(なんれい)では考えられない快適さだ。

翠鳳(すいほう)は相も変わらず工房に通い、織機(しょっき)づくりに取り組んでいた。職人たちも勤勉で、試作機が完成したら、すぐに二台目の製作に取りかかるほどだ。

そんな折、朱綺(しゅき)が訪問してきた。彼女は気晴らしと称して工房を訪ねてくる。茶を飲みながらおしゃべりするのは、翠鳳にとっても気の休まるひとときだ。

扉も窓も開け放たれた工房で、向かい合って茶を喫する。

「そういえば、皇太后さまの体調がお悪いようですわ」

己が持参した焼き菓子をつまみながら朱綺は言う。

「皇太后さまが?」

気まずい思いで訊(き)き返す。

采薇(さいび)の一件から、しばらく足が遠のいていた。翠鳳の教育は宮中ですると永昊(えいこう)が皇太后に宣告してくれていたのも助けになっていた。

翠鳳は気を取り直して礼を言う。

「教えていただき、ありがとうございます。様子を窺(うかが)いに行ってまいりますわ」

「無理をなさらなくても大丈夫ですわ。わたしにも、いつものようにけんもほろろな対応でしたもの」

「けんもほろろ、ですか？」

「ええ。わたしには昔からつれない方なんです。後宮でも、しきたりがどうとか、やかましくて」

朱綺は茶を飲んでほっと息をついた。

「だから、翠鳳さまにお会いするときも工房にお邪魔するのですわ。宮中は礼儀作法にうるさくて」

「お住まいになっていたのに？」

翠鳳が苦笑すると、朱綺は肩をすくめた。

「住んでいたから、わかるのですわ。面倒でたまりませんの」

率直な物言いに翠鳳も笑いを誘われる。

そんな和やかな時間に割って入ったのは釆薇だった。

「皇后さま。舜範さんがご相談したいことがおありだそうです」

間髪を容れず、朱綺が頭を軽く下げる。

「長居をしてしまい申し訳ありません。帰りますわ」

「またいらしてくださいね」

翠鳳の誘いに、彼女はにっこりと笑う。

「もちろんですわ。翠鳳さまとお話しするのは楽しいですから」

朱綺は一礼をしてから、去っていく。

残された采薇が浮かない表情で翠鳳を見つめた。

「……失礼いたしました。おふたりの邪魔をしてしまい」

「いいえ、いいのよ」

茶器を片付ける采薇は小さくつぶやく。

「平陽王妃さまのおっしゃるとおり、皇太后さまは、本当に体調がお悪いようです」

「あなたも聞いたの？」

「はい。子どもと会わせてもらったときに、聞きました」

采薇は定期的に幽氏に預けた子と会っている。だが、子と面会するのはうれしいことのはずなのに、後宮に帰ってきたあとの采薇が憂鬱そうにしているのが気がかりだった。

翠鳳はあえて声を弾ませる。

「では、やはりお見舞いに伺わなくては」

正直、皇太后への苦手意識はあるが、礼儀はきちんと尽くす必要がある。

視界の端に遠慮がちに待つ舜範の姿が映る。翠鳳は作業場に向かうべく立ち上がった。


数日後、工房の一室。完成した織機で試作の布を織っていると、周囲がざわめく気配がした。

　永昊が入室してくる。機を織る手を止め、彼に微笑んだ。

「陛下」

「翠鳳、完成したんだろう？　陵雲から聞いた」

「陵雲はそんなことまでお話ししていたのですか？」

　永昊に従っていた陵雲に目をやる。彼は頭の後ろで手を組み、皮肉っぽく笑う。

「俺は陛下になんでも話してるっすよ。そう躾けられてるんで」

「陛下に忠誠を尽くしているのね」

　翠鳳が目を細めて陵雲を褒めると、彼は複雑な顔をした。

「……忠誠を尽くしているっていうか、そうしないと命が危ないっていうか……」

「翠鳳、織機の説明をしてくれ」

　永昊に割って入られ、翠鳳は戸惑いつつうなずく。

「わかりました。どうぞ近くでご覧くださいませ」

　翠鳳は織機の各部分の説明をする。永昊は杼が行き来する様子に興趣を覚えたようだ。

「複雑だな。これが送られるのは泯州だと聞いたが」

「そうですわ。南人が多く、聞いたところでは養蚕もおこなわれているそうです」

　織機の供与を乞う刺史には、近々送るという返信をしたためている。

「誰が運ぶんだ？」

「ここの職人たちが運んでくれることになっております」

分解して運ぶ予定で、涙州で再度組み立てる手はずになっている。現地で操作を教える計画もあった。

「涙州のあたりなら近々視察に赴く予定がある。ついでに運ぼう。連れていく職人の数も減らせる。職人たちには新たな織機の製作にあたらせればいい」

永昊の提案を聞き、翠鳳は目を輝かせた。

「お願いしてもよろしいですか？」

「いいぞ」

永昊の笑顔に、翠鳳は心からありがたみを覚えた。その場で両膝をつき、伏礼をする。

「陛下のご助力に感謝いたします」

「翠鳳、立ってくれ」

彼の手を借りて、翠鳳は立ち上がる。

「陛下のおかげで、仕事がはかどります」

「ならば、よかった」

永昊は翠鳳の右手をとり、己の手の間に挟んだ。

「翠鳳、おまえは北宣を豊かにしようとしてくれているんだな」

感じ入ったような永昊の言葉に、翠鳳は面映ゆくなってうつむいた。

「……まだ力不足ですけれど」

「そんなことはない。ありがとう、翠鳳」

永昊の謝礼に胸の奥がほんのりと熱くなった。

（わたくしは無力ではない……）

翠鳳の心の内には後悔と無力感がずっと満ちていた。力を尽くせば家族を救えたのではないかという己への問いかけが、糾弾が、消えることはなかった。

でも、今、翠鳳はやっと肩の荷を少しだけ下ろせたような気がしていた。

翠鳳はようやく誰かを救う力を得たのだ。龍骨車を、織機を製作して提供し、誰かを助けられる——それがとてつもなくうれしい。無力ではないことが本当に喜ばしいのだ。

「……わたくしこそ、機会を与えてくださって感謝しています」

しみじみと語った翠鳳を、永昊は中天の太陽を見上げるように目を細めて見つめていた。

十日後、永昊は織機と職人を帯同して泯州に出立した。周囲を庫真に固められた彼を翠鳳も安心して送り出した。

「では、わたくしたちも出発しましょうか」

皇太后の見舞いに行くと告げると、皇太后からは歓迎すると返事が届いた。

正直、皇太后からは好かれていないと思っていた。南麗からの嫁など、ただでさえ気にくわないのに、采薇のことでよけいに嫌われたと考えていたのだ。

後宮を出て、侍衛を従えつつ馬を進ませる。采薇も馬に乗っているが、体調がすぐれないのか顔が引きつっている。

「采薇、大丈夫?」

「はい」

善祥が采薇を心配そうに見ている。

昨日、采薇は緊張の面持ちで打ち明けた。

『皇太后さまに、子どもたちを返してほしいとお願いしたのです。やはり、どうしても一緒に暮らしたくて……』

必死の面貌に、翠鳳は一緒に大願寺に同行すると告げた。むしろ、采薇のためにも行かねばならないと固く決心した。

(口添えをしなくては)

夫を亡くしただけでなく、子もそばにいない。ひとりはつらいに違いないのだ。

だが、ある意味決戦の日であるというのに、采薇の表情は曇っている。憂慮という名の分厚い雲に覆われたように顔色は冴えない。

(意外なことだわ……)

一行が大願寺に入ったときである。

「僧がいませんね」

善祥が怪訝な顔をする。そのとき、風を切る音がした。一本の矢が侍衛の首を貫く。

落馬する男を、翠鳳は信じられない思いで見つめる。

「敵襲！」

翠鳳を囲む輪を狭めようとする侍衛たちだが、木陰や建物から飛び出す襲撃者が一斉に矢を放ちつつ距離を詰めてくる。

「皇后さま、お下がりください！」

抜剣した善祥が翠鳳の前に出て、敵の一撃を受け止める。

「善祥！」

叫ぶ翠鳳の身体の脇を矢がかすめていく。命の危機に、ぞっとした。

（……狙いはわたくし）

しかも、人質にとろうというのではなく、明らかな殺意を感じる。

侍衛たちは奮戦している。敵の攻撃をかいくぐり、ひとりひとり仕留めていく。

乱戦のさなか、包囲網の一角が開いた。決死の表情をした釆薇が翠鳳を促す。

「逃げましょう！」

「でも……」

「ここにいては足手まといになります！」

善祥をちらりと見る。彼女は敵の攻撃を防ぐのに必死で、相談などとてもできない。

「わかったわ」

采薇が先に馬を走らせ、翠鳳はそれに続いた。大願寺の外に出て馬を走らせていたが、すぐに背後から追っ手がやってきた。矢が飛んできて、あわてて身体を伏せる。

（皇宮の前まで逃げられれば……）

おそらくは敵もあきらめるはず。しかし、もしも宮中に裏切り者がいたらどうすればいいのか。

馬を走らせながら、翠鳳は涙をこらえる。

恐慌に陥るのはまずい。冷静な判断ができなくなる。

だが、采薇の向こうに兵らしき一団があらわれたとき、翠鳳は迷った。

敵か味方か、わからないからだ。だが、兵の一団は馬を走らせるや、翠鳳たちをやり過ごして背後の襲撃者に向かっていく。

（助かった……）

と思うのは早かった。迎撃をすり抜けた賊が翠鳳たちに迫る。しかし、それを阻止したのは翠鳳たちの背後から馬を走らせてきた陵雲だった。馬上で賊の剣を受け止めて押し戻す。

「陵雲！」

賊の隙を見て斬り捨ててから、陵雲は翠鳳に向き合った。

「大丈夫っすか」

「だ、大丈夫よ」

返り血を浴びている陵雲に、翠鳳は息を呑む。

彼はまったく気にしていないのか、剣を振って血を払うと、翠鳳に告げた。

「……宮中には戻れないっす。残念ながら、あそこにいる兵は敵っすよ」

「本当なの？」

「平陽王さまが裏切り者っす。あの男が宮中を制圧してるんで」

実直そうな平陽王の姿を思い出す。そして、朱綺の艶やかな姿も。

皇太后の体調が悪いという情報を教えたのは彼女だった。もしや、自分をこの窮地へと追い込んだのは朱綺なのだろうか。

「そんな……」

翠鳳は呆然とする。采薇を見るが、彼女は気まずそうに目をそらした。

「俺が案内しますよ、安全なところに」

陵雲の目がいつもと異なり異様に真剣で、切羽詰まった状況なのだと物語っている。

翠鳳は唇を引き結ぶと彼にうなずき、その馬のあとをついていった。

翠鳳たちが導かれたのは、京師の郊外にある砦だった。

西から京師に至る街道の途中にあり、天険に囲まれ、正面は分厚い扉に守られている。

城砦の一部屋に案内された翠鳳を迎え入れたのは、明昊だった。

彼は宝座に腰を下ろし、翠鳳を冷たく見つめる。

「やっと来たか」

翠鳳は立礼をしてから彼と向き合った。

「……お助けいただき、ありがとうございます。ところで、平陽王さまが宮中を制圧したというのは本当ですか？」

「本当だ。あいつはずっと野心を抱いていた。皇帝になりたいと」

「……信じられません」

朱綺もかかわっているのだろうか。夫の野望をかなえるために翠鳳に近づいたのか。

「おまえは南人だから、北宣のことを知らない。平陽王は野心に富んだ男だ。帝位を欲している」

「でも……」

「兄上もすでに殺されたと聞く。平陽王からな」

驚きのあまり、翠鳳はしばし声を失う。

（まさか、そんなことがあるはずはない……）

永昊は彼に忠実な庫真たちを連れていた。彼らは命に換えてでも永昊を守るはずだ。けれど、彼らに平陽王の誘いの手が伸びていたら最悪の状況になる。

翠鳳は奥歯を嚙みしめる。

（……信じない）

永昊が死んでいるはずがない。少なくとも、彼の亡骸を見るまでは信用しない。

「たとえ物言わぬお方となったとしても、陛下のお姿を実際にこの目にしてからでなくては納得いたしません」

翠鳳は明昊をまっすぐ見て答える。

彼は顔を憤怒の色に染めて立ち上がり、翠鳳に近づいてきた。

「南麗の女は、己の意思を口にしない従順さを徳とするのだろう？　ならば、俺の言うことを聞け。兄上が亡くなったからには俺の嫁になれ！」

明昊に顎を摑まれて上向かされ、翠鳳は目を瞠る。

「……わたくしを妻に？」

「そうだ。南麗との和平を継続してやると言っている」

翠鳳は何度か生唾を飲んだ。

（わたくしを妻にする……）

北宣の風習である継妻婚をおこなうということだろう。北宣に嫁いだからには、きまりに従わなければならない。なにしろ、翠鳳は北宣と南麗との和平のために嫁いできたのだ。

（嫌だ……）

心の底から、嫌悪感が込み上げてくる。どんなに押さえつけても、湧き水のようにあふれてくる。

永昊以外の男に抱きしめられるなんて、想像しただけで不快でしかない。

「おい、わかったか⁉」

乱暴に揺すぶられ、翠鳳は彼を見つめた。震えそうになるのをこらえて告げる。

「……考えさせてください」

永昊が死んだなんて信じない。そもそも、明昊は真実を告げているのだろうか。

「……しばらく待ってやる」

明昊が物を捨てるように翠鳳を解放すると、部屋の隅にいた陵雲が近づいてきた。

「部屋に案内するっすよ」

「采薇は？」

「元気っすよ。でも、ここでは別の人間が世話をするっすから」

「なぜ？」

翠鳳の質問に陵雲は答えてくれなかった。

「さ、部屋に行きましょう。いい部屋っすよ。眺めがいい」

陵雲の軽薄な物言いが、妙に浮いて聞こえる。

彼に案内されるがままに部屋に向かうが、城砦内には数歩ごとに守衛がいて、物々しさに内心おののく。

部屋に押し込められる瞬間、陵雲が廊下をふさぐように入り口に立つ。

「陛下は生きてるっすよ」

ささやきを聞いて、翠鳳は彼に質問をしようとするが、扉は会話を拒むように閉められた。


翌日、翠鳳は与えられた部屋でずっと過ごしていた。城砦の光景は確かにすばらしかった。はるか遠くに京師の風景がかすみ、そばを流れる桂河の支流がきらめいている。

しかし、物言わぬ女たちが食事を運んだり、手洗いの水を交換したりするだけで、監禁と同じだ。部屋のすぐ外には陵雲がいるが、たまに扉が開いても彼は目すら合わせない。

永昊の情報は一片たりとも入らず、やきもきして待つだけだ。部屋をうろうろしながら不安に苛まれる。夜遅くになっても寝る気になれず、真っ暗な外を眺めていたときだった。

かさりと音がして、入り口の扉の下から手紙が差し込まれる。

翠鳳は息を殺して入り口に近づき、手紙を拾って開く。文字を何度も目で追った。

(陛下は生きている。明日の夜にこの城砦を攻撃する)

翠鳳はじっと文字を見て、自分のするべきことを考える。

(黙って待っていていいのかしら……)

永昊が生きていて、砦を攻撃するということは、一連の事件は明昊が企てたことなのだろうか。

大願寺で襲撃されたことも、それを救うと見せかけて翠鳳を拉致したことも、本当に永昊を襲ったならば、それさえも。すべてを平陽王のせいにすれば、玉座が手に入ると考えているのか。

(ここを攻撃する……)

穏当な手段では翠鳳を救えないか、明昊を力づくで抑え込まねばならない理由があるのだろう。ならば。

(ほんの少しでも明昊さまの気をそらせたら……)

翠鳳は手紙に灯籠の火をつける。燃えている紙を皿に置いて燃え尽きるまで待つ。煤の匂いが漂い、灰だけが残る。翠鳳は心を決めてから扉を叩いた。

扉が小さく開かれるが、隙間から覗く陵雲は怪訝そうな顔をしている。

「明昊さまに伝えてほしいの。求婚を受け入れると」

陵雲は口をポカンと開き、面食らった様子だ。

「何を言って……」

「仮でもいいから、わたくしの立場を守るためにも、明日の夜に婚礼をしていただきたいのよ。でないと明昊さまのそばにいられないわ」

翠鳳の微笑みを、陵雲は異形の怪物に向けるような目で見た。


翌日。翠鳳は朝から木材や紙に墨と筆、短刀などを求めた。南麗では婚礼のときに妻が夫に手製の品を贈るのだと言い張り、渋られたら見張りをつけてほしいと頼んだ。むろん、短刀を妙なことに使わないと示すためである。

数人の侍女に見張られながら翠鳳がつくるのは走馬灯だ。走馬灯は回り燈籠である。火をつけて回転させる軸に装置をつけ、回る影絵を灯籠の枠紙に映し出す。

翠鳳は木枠を組んでから白い紙を貼る。中心軸の上部に羽根車を装着し、軸の中ほどに切り紙を取りつける。切り紙は弓を引き絞って騎馬する人や鹿の形にこしらえておく。灯籠の下に置いた蠟燭に火をつけると、羽根車が動いて車軸が回る。すなわち切り紙の騎馬する人が鹿を逐う様子が灯籠の枠紙に映るのだ。

夢中でつくっていると、あっという間に夜になる。

用意された襦裙に着替え、侍女たちに八個の走馬灯を持たせて、翠鳳は広間に参じた。

広間の端には兜を深くかぶった兵がいた。万一に備えてであり、婚礼の証人でもあるのだろう。

宝座についている明昊の前に進み、翠鳳は微笑みを浮かべて礼をした。

「安西王さま……いいえ、皇帝陛下に拝謁いたします」

「……俺を皇帝陛下と呼ぶのか」

まんざらでもなさそうな顔をして明昊は言う。

「陛下が亡くなり、わたくしをご所望なされるということは、明昊さまが至尊の地位を得られるからだと考えております」

遊牧民の結婚は同盟や約定と同じ意味を持つ。それゆえ、父や兄の妻と通婚することで、父や兄の遺志を受け継ぐという約定に代えるのだ。

「物分かりがいいじゃないか」

侮るような言葉を聞いても、翠鳳は笑顔を崩さない。

「婚礼を祝って、わたくしが舞いをいたします。どうかお楽しみくださいませ」

翠鳳は広間の真ん中に移動した。周囲には火をつけた走馬灯を置いてもらう。腕にかけた披帛をひるがえし、翠鳳はゆっくりと回りだす。

楽の音もなく、しんと静まり返っている。けれども翠鳳の足の運びに迷いはなく、習い覚えたままに舞う。

『翠鳳。舞を覚え、楽を習うのは、夫君を楽しませるためよ。夫君を飽きさせないように、少しでも教養を身に着けておきなさい』

母は常にそう言っていた。翠鳳は未来の夫のために舞いを習った。

だが、翠鳳は永昊のために舞わなくていい。作り笑いを浮かべなくてもいい。

そんなことをしなくても、永昊は翠鳳を愛してくれるからだ。

翠鳳が舞うのは明昊を油断させるため。ひいては永昊を守るために踊る。

走馬灯が回り続ける。白い紙に黒い騎馬の影が映る。騎馬の人は鹿を逐っている。

鹿を逐うとは帝王の地位を得ようと争い戦うことだ。明昊は鹿を逐おうと企んでいる。

翠鳳は、彼の気をそらさないように笑みを振りまき、披帛をひるがえして舞い続ける。

走馬灯の騎馬の人のようにくるくると回る。広間の人々の視線が自分に集中しているのを感じる。明昊の視線が翠鳳に縫い留められているのも肌で感じる。

（天女のように舞う）

紀氏の祖先が黒髪の天女であったというのなら、彼女のように舞えばいい。

天女のように軽やかに、華やかに、披帛をたなびかせる。

明昊が宝座から立ち上がり、ふらふらと近づいてきた。蝶のように舞う翠鳳を捕まえようとした彼の手を、進み出た兵が摑む。

明昊がぎょっとした顔で兵を見た。兜を深くかぶった彼は、永昊だったのだ。

「誰の許しを得て、俺の妻と戯れているんだ？」

永昊は冷たく言うなり、明昊の横っ面を殴りつけた。

明昊が倒れ、控えていた侍女たちの悲鳴があがる。駆けつけようとした守備兵は、不意打ちで突入し斬りかかってきた男たちによって阻止される。乱戦がはじまって、広間は大混乱に陥る。

束の間呆然とした翠鳳だが、永昊に前ぶれなく引き寄せられて、抱きしめられた。彼の懐に収まれば、安堵で胸がいっぱいになる。

「翠鳳、無事か?」

「大丈夫ですわ。怪我はありません」

「俺が心配しているのは、おまえの心が傷ついていないかということだ」

永昊は翠鳳の頰を愛おしげに撫でた。彼の手に己の手を重ね、翠鳳は微笑んだ。

「傷ついてなど、いませんわ」

翠鳳は確かな信頼をもって永昊を見つめた。永昊は翠鳳の心を大切にしてくれる。そんな人に出会えるのが、とてつもない奇跡だともうわかっていた。

「助けにきてくださって、ありがとうございます」

永昊は目を細めて翠鳳を再び深く抱きしめた。

終章

兵を鎮圧したあと、永昊に問い詰められた明昊はすべてを白状した。

永昊が京師を離れたのを機に襲撃したこと。翠鳳を確保して妻にし、他の皇族より優位に立とうとしたこと。

そして、策謀を裏で示唆した女性がいたこと。

明昊に次の皇帝の地位を約束したのは、皇太后だった。

皇帝が死んだあと、次代の皇帝を決める権利は皇太后が握っている。彼女はその決定権を明昊のためにふるうつもりだったのだ。

『皇后を殺せと皇太后に命じられたが、もったいないだろう。皇后を殺したら、南麗との関係も壊れる。玉座を奪ってすぐに南麗を敵に回せば、対応に苦慮する。だったら、殺さずに妻にしたほうがマシだと思ったんだ』

明昊の供述に翠鳳は衝撃を受けた。皇太后に命を狙われる理由がわからなかったせいだ。

しかし、永昊は冷静だった。連れてきた庫真の一部に砦をまかせるや、翠鳳と明昊を連れて京師に戻った。

宮中は平陽王が守りを固め、平常と変わりなかった。平陽王が反乱を起こしたというのは、翠鳳を手に入れるための明昊の嘘だったのだ。

永昊から一報を受けた平陽王はすでに皇太后を大願寺に軟禁していて、すべては永昊の沙汰を待つのみになっていた――。

京師に戻った翌日。

翠鳳は永昊と共に大願寺を訪れた。

ぽつぽつと降る雨が水の紗幕をつくり、大願寺の石畳をしっとりと濡らしている。

翠鳳は永昊と一緒に皇太后の在所である宿坊に入った。

部屋のあちこちにいた侍女たちは消えうせ、武装した宦官が立っている。

皇太后のいる居室に足を踏み入れると、彼女はいつもと変わらず卓の前に座り、写経をしていた。

声をあげるのが憚られるような静かな部屋で、紙に文字を走らせる音だけが響く。

散々待たせたあげくに、彼女は翠鳳たちに忌々しげな視線を向けた。

「……生きているのか」

「皇太后さまに拝謁いたします」

翠鳳が北族式の礼をすると、彼女が鼻を鳴らした。

「南人女がどう振る舞おうと北族の女にはなれぬ」

「皇太后さま。あなたの野心はついえましたよ」

永昊が冷淡に言い放つ。皇太后の視線は負けじと冷たい。

「そなたのせいで北宣は滅ぶであろう。南人女にたぶらかされた昏君によってな」

「俺はたぶらかされてなどいません。翠鳳は北宣を豊かにする皇后です」

永昊は断言する。そんなふうに信頼をあらわにされるだけで、救われた気になった。

皇太后はうろんな目つきになった。

「子貴母死をなくせば、野心を持つ女が生まれるのを止められぬぞ」

「子貴母死があっても、皇太后さまのように野心を持った女人が生まれるのを止められなかったではありませんか」

永昊の舌鋒は鋭い。翠鳳は怒りを剝き出しにする永昊が心配になった。

「……そなたは本当に腹立たしい男じゃのう。幼いころは妾になつかず、長じてからは妾の兄を殺した。幼児のうちに始末しておけばよかったのう。明昊を我が掌中に収めるのが遅すぎた。妾の決断の至らなさが、この結果を招いたのじゃ」

皇太后の暴言に、翠鳳は啞然としてから眉を吊り上げた。

「皇太后さま。その仰せはあんまりです」

「そなたもじゃ。桂河に沈めばよかったのにのう、もしくは、毒にでも当たればよかったのじゃが。あげくは明昊までもたぶらかした。あやつはそなたを殺せという妾の命に反した。運が強い娘じゃ」

河の上で襲撃するよう命じたのも、朱綺の侍女に毒を盛らせたのも、皇太后の仕業だったのだ。何度も殺されかけたという衝撃が大きく、翠鳳はこぶしを握って感情の昂りをこらえた。

「……皇太后さま。あなたを生かしておく理由が、俺にはもうありません」

怒りの滲んだ永昊の言葉を聞き、翠鳳はとたんに冷静になった。

(皇帝が皇太后に死を賜るなど、あってはならない)

彼は北宣にいる南人の上にも君臨する皇帝にならねばならない。南人は、どんな理由があっても、親を殺す者を人の上に立つ者として認めない。

翠鳳はとっさに彼の手を握る。永昊が面食らったような顔をして翠鳳を見下ろした。

「皇太后さま。わたくしの願いは、皇太后さまが平穏に余生を送ることです。どうか憎しみや怒りを遠ざけ、心静かにお過ごしくださいますよう」

翠鳳の言葉を聞き、ふたりとも驚きをあらわにする。

「そなた……」

「皇太后さま。陛下はご立派な皇帝になられます。子貴母死をなくそうと……新たに生まれる犠牲をなくそうと考えるお方ですから。どうか、その意味をわかってください」

翠鳳は彼の手を再度力を込めて握り、微笑を向けた。

永昊が冷や水を浴びせられたような顔をした。

「皇太后さま、また参ります」

翠鳳は深々と礼をしてから永昊を促す。

建物の外に出れば、雨は玉すだれのように降っている。

永昊は、無言で檻のようにふたりの前をふさいでいる雨を見つめている。

「……翠鳳、ありがとう」

ようやく発した言葉には、力がなかった。

永昊は翠鳳に向き合い、彼の両手を握って励ました。

「お礼はよしてください。わたくしは身勝手で、陛下の曇りなき未来が見たいだけなのですから」

永昊は悄然とした表情から一転、不器用な笑みを見せる。

「翠鳳がいてくれてよかった。おまえがそばにいてくれれば、俺はまちがえなくて済む」

「いいえ、わたくしの方がまちがえずにいられます。陛下がおそばにいてくださるなら」

永昊は知っているのだろうか。彼が語って聞かせてくれる言葉の数々が、翠鳳を救ってくれることを。

翠鳳には生きる場所がある。かつては敵国だと思っていたこの国が、翠鳳の生きていく場所だ。

どんなときもそばにいる。その決意を秘めて、翠鳳は永昊にそっと寄り添った。

七星囲場は皇室の狩り場である。

秋の空が広がるその日、七星囲場には皇族高官が一族を率いて集っていた。

男女ともに狩りができる者は馬に乗り、草原を疾風のように駆けている。

「つまらないことですわ。狩りができないなんて」

滞在場所である天幕の近くを散歩しながら朱綺がこぼす。

「仕方ありませんわ。懐妊中なのですもの」

並んで歩く翠鳳は彼女をなだめる。朱綺はまもなく五ヶ月になる身重だ。彼女の腹部はふっくらと丸みを帯びだしている。

「これくらいだったら、馬に乗れると思うのですよね」

「いけませんわ。何かあったらどうするんです？」

翠鳳が強めに注意をすると、彼女は肩をすくめた。

「だって退屈なのですもの」

「平陽王さまからも言われましたもの。王妃が逃げ出さないように見張っていてくださいと」

平陽王は再嫁してきた妻を大切にしているようだ。そのことに無性に安堵する。

草を踏んで歩きながら、彼女は翠鳳を見つめる。

「……翠鳳さまこそ、大丈夫なのですか？」

「わたくしは大丈夫ですわ。具合が悪いところはありませんし……」

「違います。色々あったことを心配しているのです」

真剣なまなざしに、翠鳳はぎこちなく微笑んだ。

皇太后は生涯禁足の刑に処された。大願寺のあの部屋から一生出ることを許されない。

明昊は謀反の罪で処刑されるところだったが、翠鳳が懇願して減刑してもらった。

彼がいるのは郊外の城砦だ。そこに厳重に閉じ込められている。

(……わたくしが心配しているのは、他の者たちだわ)

陵雲と采薇である。彼らは北の地に追放された。

采薇は皇太后の間諜だった。子を人質にとられ、皇太后に翠鳳の情報を流していた。翠鳳を大願寺に導く役目をも負わされていた。しかし、采薇は土壇場で皇太后を裏切り、翠鳳を逃がそうとした。それでも、采薇の罪は罪であるとされ、流刑に処された。

陵雲は手柄を立てたが、采薇を守りたいと、自ら断罪を申し出た。

『俺、陛下と安西王殿下、両方に情報を流していたっすよ。ふたりのために間諜をしていたっす』

陵雲はあっけらかんと翠鳳に打ち明けた。

『安西王殿下に折檻されていたところを陛下に救ってもらい、陛下に仕えて安西王殿下に情報を流す。そういう筋書きだったんですが、陛下にバレちゃいましてね。せっかくだから二重で間諜しろって命じられていたっすよ。クソな兄弟っすよね』

陵雲は冷笑を浮かべていた。

『あの日、大願寺に行ったのは、安西王殿下に皇后を確保しろと命じられたからっすよ。安西王殿下は、皇后さまを殺せと皇太后さまに命じられて狼狽したんすよねぇ。俺は安西王殿下に従って皇后さまを助け、陛下には命を狙われてるから気をつけろって情報を流したんすよぉ』

陵雲は、へらへらしながら、どうでもいいことのように言う。

結果として彼は、明昊の手下になり、翠鳳を誘拐したという罪状で采薇と共に北へと流された。二重に間諜をしていたと公表できるはずもないせいで、永昊としても陵雲の好きにさせるしかなかった。

自分を粗末に扱おうとする彼が心配で、翠鳳は正直に告げた。

『お願いだから自分を大切にして。心を守ることを第一に考えてほしいの』

陵雲は言葉もなく翠鳳を見つめる。それから深く頭を下げた。

込み上げてくる感情を隠すためだったのかもしれない。陵雲は己の罪ではなく、権力争いの巻き添えで浄身され、利用されてきたのだ。

「……しばらくしたら、采薇たちを呼び戻すつもりです」

采薇の子は善祥が引き取ってくれた。母子が共に暮らす日を翠鳳も望んでいる。

「翠鳳さまはおやさしいですわ」

「やさしくなどありません。力不足を感じるばかりですわ」

朱綺は翠鳳の手をそっと握ってくれる。

「……いいえ。翠鳳さまはおやさしい方。それに強いお方ですわ。北宣で、生きる道を見つけられたのですもの」

朱綺の励ましは、翠鳳にとって大いにうれしいものだった。

「ありがとうございます、朱綺さま」

勇気を持って歩んでいけば、朱綺のような味方があらわれる。

それは、翠鳳にとって、もっとも実になる教訓だった。


七星囲場の夕暮れは、黄金色の太陽が草原を朱金に染めて、実に美しい。

翠鳳は白龍を走らせ、なだらかな丘の上にのぼった。

「楽しいわね、白龍」

心なしか白龍の足取りも軽い気がする。やはり京師の人込みを縫うよりも、草原のほうが走りやすいのだろう。

名残惜しく草原の空気を胸いっぱいに吸い込む。夏前の草原と違い、どことなく青い草の香が弱くなった気がする。

「翠鳳は、ずいぶん騎馬の技が上達したな」

永昊が満足そうに笑っている。

京師に帰るその前に、ふたりで草原を駆けようと誘ったのは永昊である。

むろんふたりきりではなく、善祥や庫真を連れての散策だが、心弾むのは確かだ。

「白龍のおかげです。きっと白龍も楽しくて、足取りが軽くなるのですわ」

「いや、翠鳳がうまくなったんだぞ。姿勢がいいし、後ろから見ていても危なげない」

「本当ですか？」

翠鳳は笑顔を向ける。永昊に褒めてもらえたら自信がつく。

「来年になったら、狩りができるな」

「そうなったらよいのですけれど」

騎馬して狩りをできるようになれば、一人前といえるだろう。

「できるだろう。上達が早いんだから」

永昊は地平線に落ちていく太陽を眺めて言う。

翠鳳もどこまでも続く草原を見つめ、胸の内に湧く感慨にふけっていた。

「……まるで海みたいですわね」

草原は草洋ともいう。果てのない海のようにどこまでも続くからそう言われるのだ。

「そうだな。北宣はここから生まれた」

北族は草原で騎馬と狩りの技を磨き、支配する土地を広げてきた。

草原の彼方(かなた)を征(ゆ)く彼らは、気骨と勇気のある人々である。

翠鳳は眉の上に手を当てて、まばゆい夕陽に照らされた草原を眺める。

草原に道はない。どこに行くのも自由で、なにものにも縛られずにいられるように思える。

けれど、道がないのは恐ろしいことだ。自分が正しい方向に進んでいるか、わからないからだ。

翠鳳は永昊を見上げた。

「陛下といたら、草原を進んでも正しい方向に歩めるような気がしますわ」

「俺も翠鳳がいてくれたら安心だ。道をまちがっても正しくしてくれるだろうから」

互いに微笑み合う。

たとえ草原で迷ったとしても、永昊と一緒なら、互いに話し合い、正しい方角へと進めると信じられる。いつかは、そこにふたりの子も加わるはずだ。

「来年、また参りましょうね」

永昊にささやく。夕暮れの光は、まるで道のように草原に伸びていた。


（了）

※この作品はフィクションです。実在の人物・団体・事件などにはいっさい関係ありません。

集英社オレンジ文庫をお買い上げいただき、ありがとうございます。
ご意見・ご感想をお待ちしております。

● あて先
〒101-8050　東京都千代田区一ツ橋2-5-10
集英社オレンジ文庫編集部 気付
日高砂羽先生

集英社
オレンジ文庫

草原の花嫁

2024年12月24日　第1刷発行

著　者　日高砂羽
発行者　今井孝昭
発行所　株式会社集英社
〒101-8050東京都千代田区一ツ橋2-5-10
電話【編集部】03-3230-6352
【読者係】03-3230-6080
【販売部】03-3230-6393（書店専用）
印刷所　株式会社美松堂／中央精版印刷株式会社

ISBN 978-4-08-680592-6 C0193